KB075281

조선남자
朝鮮男子
-천능의 주인-

조선남자 13권

초판1쇄 펴냄 | 2020년 10월 20일

지은이 | K.석우
발행인 | 성열관

펴낸곳 | 어울림 출판사
출판등록 / 2009년 1월 23일 제 2015-000062호
주소 / 경기도 고양시 일산동구 무궁화로 43-55, 801호 (장항동, 성우사카르타워)
TEL / 031-919-0122
FAX / 031-919-0127
E-mail / 5ullim@hanmail.net

ⓒ2020 K.석우
값 8,000원

ISBN 978-89-992-6851-9 (04810)
ISBN 978-89-992-6190-9 (SET)

OULIM MODERN FANTASY

13

K.석우 현대판타지 장편소설

조선남자

朝鮮男子

-천능의 주인-

어울림

조선남자
朝鮮男子
-천능의 주인-

목차

필독

　본문에 등장하는 의학용어는 가급적 현재 의학용어에 맞게
사용할 예정입니다.
　다만 의료상황이나 응급상황을 묘사함은 현실의 의료상
황이나 응급상황과는 다른 작가의 작품구성 상 필요에 의해
창작되었음을 알려드립니다.
　또한 본문에서 언급하는 지역과 인간관계, 범죄행위, 법과
현 시대의 묘사는 현실과 관계없는 허구임을 밝힙니다.

조선남자

朝鮮男子

-천능의 주인-

회색의 새벽

마치 꿈을 꾸는 것만 같았다.

어쩌면 성스럽다는 느낌이 들 정도로 고아해 보이는 푸른빛의 결정이 자신의 입을 통해 몸으로 스며드는 순간 그토록 가쁘게 느껴지던 호흡이 편해지는 느낌이 들었다.

동시에 총에 격중된 팔과 가슴 그리고 배에서 불에 지진 듯한 통증도 한순간에 사라지고 있었다.

"이, 이게……."

클린트 루먼의 입이 벌어졌다.

그때였다.

툭―

또르르르—

무언가 클린트 루먼의 몸에서 빠져나와 나무로 만들어진 농막의 바닥으로 굴러 떨어지는 소리가 들렸다.

그것은 클린트 루먼의 몸에 박혀 있던 총탄이었다.

어깨를 뚫은 총탄은 몸을 관통해서 반대편으로 빠져나 갔지만 가슴과 배에 격중된 총탄은 그대로 몸에 박혀 있었 다.

그것이 몸 밖으로 빠져나와 농막의 바닥으로 떨어진 것 이다.

클린트 루먼과 함께 누워 있던 게릿 주피거도 마찬가지 였다.

김동하의 입에서 흘러나온 천명의 기운을 흡수하는 순간 온몸에서 말로 형용할 수 없을 정도의 쾌적함이 느껴졌다.

동시에 그의 몸에서도 총탄이 빠져나와 농막의 바닥으로 떨어져 굴렀다.

두 사람에게 천명의 기운을 불어넣어 다시 생명을 돌려 준 김동하가 두 사람을 담담한 표정으로 내려다보며 입을 열었다.

"천명을 돌려받았으니 새로운 삶을 살게 될 겁니다. 그 러니 이제 그만 일어나도록 하세요."

김동하는 조금 전과는 달리 두 사람에게 말을 높이고 있 었다.

두 사람이 죽음을 앞두고 털어놓은 본인들의 진심이 김동하가 다시 천명을 돌려줄 결정을 하게 만들었으니 그들을 대하는 태도 역시 변한 것이다.

하긴 두 사람의 나이는 김동하의 두 배가 넘었기에 지금의 김동하의 행동은 지극히 정상적이었다.

김동하의 말에 두 사람이 몸을 일으켰다.

잠시 어리둥절한 모습으로 눈을 껌벅이던 두 사람이 재빨리 자신들의 몸을 살피기 시작했다.

"사, 상처가 사라졌어."

클린트 루먼의 입이 쩍 벌어졌다.

게릿 주피거 역시 마찬가지였다.

"나도 마찬가집니다. 상처가 없어졌어요. 분명히 배에 맞았는데……."

게릿 주피거는 멀쩡한 자신의 배를 연신 손으로 쓰다듬으며 사라진 상처를 찾고 있었다.

하지만 그 어디에도 상처의 흔적조차 보이지 않았다.

다만 두 사람이 입고 있었던 옷에 증거처럼 남아 있는 자신들이 흘린 피와 뚫린 구멍이 자신들이 착각한 것이 아님을 증명하고 있었다.

"어떻게 이런 일이……."

클린트 루먼의 얼굴이 하얗게 질려갔다.

자신의 눈으로 보았지만 그럼에도 믿어지지 않는, 그야

말로 신의 권능과 마주한 느낌이었다.

게릿 주피거는 아직도 자신의 몸에서 상처를 찾고 있었지만 이미 그의 몸에서 모든 상처는 사라진 상태였다.

클린트 루먼과 게릿 주피거가 머리를 들어 김동하를 바라보았다.

두 사람의 눈에 비친 김동하는 이제 인간이 아닌 신의 현신처럼 느껴졌다.

클린트 루먼의 얼굴이 창백하게 변했다.

자신과 부하들은 멍청하게 인간이 아닌 신과 무모한 싸움을 하려다가 당한 것임을 이제야 너무나 절실하게 깨달았다.

한편 마이클 할버레인의 경호원들이 쏜 총에 맞아 죽어가던 클린트 루먼과 게릿 주피거가 멀쩡한 모습으로 일어나자 지켜보고 있던 듀크 레이얼이 하얗게 질린 얼굴로 김동하를 바라보았다.

"어, 어떻게……."

듀크 레이얼의 입에서 자신도 모르게 탄성이 흘러나왔다.

자신에게서는 자신이 가진 젊음을 회수해 지금과 같은 노인의 모습으로 만들었다.

반면 클린트 루먼과 게릿 주피거는 죽어가는 그들의 생명을 다시 살려주는 김동하의 능력이 그야말로 소름이 돋

을 정도로 놀랍기만 했다.

"나, 나도……."

듀크 레이얼의 입에서 김동하에게 자신도 예전의 몸으로 돌아가게 해달라는 부탁이 흘러나왔다.

그는 이제야 김동하가 어떤 존재인지 너무나 절실하게 깨달았다.

김동하가 힐끗 듀크 레이얼을 바라보았다.

"자신의 이기적인 욕심 때문에 친 혈육을 해치려 했던 그대가 천명의 권능을 받을 자격이 있다고 생각하나?"

김동하의 목소리는 얼음처럼 차가웠다.

조금 전에 클린트 루먼과 게릿 주피거에게 천명을 돌려주던 그때의 부드러운 말투와는 너무나 다른 김동하의 목소리였다.

듀크 레이얼이 주름으로 가득한 얼굴로 김동하를 바라보며 애원했다.

"다, 다시 저를 원래대로 돌려만 주신다면 어떤 대가라도 치르겠습니다."

듀크 레이얼은 예전의 몸으로 돌아갈 수만 있다면 평생을 감옥에서 살아야 한다고 해도 감수할 수 있다고 생각했다.

김동하가 머리를 흔들었다.

"당신이 인간으로서 지켜야 할 최소한의 양심이라도 가

졌다면 어쩌면 한 번쯤 용서를 고려해 볼 수도 있었겠지. 하지만 자신의 욕심 때문에 친 혈육인 큰아버지와 심지어 친아버지까지 해칠 생각을 한 이상 당신은 천명을 돌려받을 자격이 없다."

"제, 제발……."

털썩—

듀크 레이얼이 김동하와 한서영의 앞에서 무릎을 꿇었다.

주름진 그의 뺨을 타고 굵은 눈물이 흘러내렸다.

그러나 단호한 표정의 김동하와 싸늘한 얼굴의 한서영은 그를 용서해줄 생각이 없다는 표정이었다.

김동하가 클린트 루먼을 보며 입을 열었다.

"이곳에서 두 사람의 판단으로 살아야 할 사람과 단죄를 받아야 할 사람을 선택해서 구분해 보세요."

김동하의 말에 클린트 루먼이 눈을 치켜떴다.

"그, 그럼……."

김동하가 머리를 끄덕였다.

"당신들처럼 누군가는 어쩔 수 없이 킹덤이라는 조직에서 빠져나올 수 없었던 불가피한 사연이라는 게 있을 수 있으니까요. 다만 그렇다고 해도 나의 기감에 혈향이 짙은 사람은 예외입니다. 즉 단 한 번이라도 무고한 사람의 생명을 해친 자들은 결코 용서하지 않을 겁니다."

김동하의 담담한 말은 듣고 있던 클린트 루먼과 게릿 주피거의 등에 소름이 돋아나게 만들었다.

이곳 랏섬 농장에 머물고 있는 킹덤의 조직원들의 숫자만 해도 이젠 근 200명에 가까웠다.

기존에 이곳 랏섬 농장에 대기하고 있던 마약담당인 중간보스 리오넬 헤이든의 부하들 100여 명과 킹덤의 보스인 마이클 할버레인의 경호원만 해도 상당하다.

거기에 뒤늦게 합류한 마이클 할버레인의 심복들까지 합치면 순식간에 근 200명에 가까운 인원들이 랏섬 농장에 모여 있는 것이다.

그런 그들을 혼자서 모두 처리한다는 김동하의 말에 자신도 모르게 등에 소름이 돋는 클린트 루먼이었다.

자신과 게릿 주피거의 생명을 돌려준 신의 능력을 가진 김동하가 이제는 죽음을 집행하는 지옥의 사신과 같은 두려운 존재로 삽시간에 변해버리는 느낌이었다.

클린트 루먼이 머리를 끄덕였다.

"아, 알겠습니다. 시키시는 대로 하겠습니다."

이제 클린트 루먼과 게릿 주피거의 판단에 의해 이곳에서 살아남을 사람과 천명을 회수당할 사람이 구별되는 것이었기에 두 사람의 표정이 딱딱하게 굳었다.

두 사람에게 지시를 내린 김동하가 다시 몸을 돌렸다.

몸을 돌린 김동하의 눈에 이제는 거의 흉물처럼 변한 링

컨 컨티넨털 리무진의 옆에 몸을 웅크리고 엎드려 있는 마이클 할버레인의 비대한 체구가 들어왔다.

마이클 할버레인은 심복인 미오 파오치치가 그야말로 피곤죽(?)처럼 변해 버린 모습을 보며 몸을 떨고 있었다.

부서진 링컨 컨티넨털의 방탄유리 조각에 뚫려버린 얼굴을 비롯해서 온몸이 피투성이로 변한 미오 파오치치는 아직도 숨이 끊어지지 않은 듯 벌레처럼 몸을 꿈틀거리고 있었다.

하지만 어떻게 된 영문인지 그의 입에서는 고통스런 비명이나 신음소리와 같은 것은 단 한마디도 흘러나오지 않았다.

차가운 시선으로 마이클 할버레인을 바라보던 김동하가 걸음을 옮기려다 멈추었다.

김동하가 다시 시선을 돌려 게릿 주피거를 바라보며 입을 열었다.

"저자가 사람을 처형할 때 사용했다고 한 그 기계를 가져오세요."

김동하의 지시로 살려야 할 사람과 죽어야 할 사람을 선별하기 위해 막 농막으로 들어가려던 게릿 주피거가 멈칫했다.

"미, 믹서, 아니 폐목분쇄기를 말씀하시는 것입니까?"

김동하가 머리를 끄덕였다.

"예, 무시할 순 있지만 이곳에 악취처럼 퍼져 있는 혈향이 너무 짙어서 그것부터 처리해야 할 것 같습니다."

김동하의 말에 잠시 눈을 껌벅이던 게릿 주피거가 입을 열었다.

"그럼 클레이튼 위티드와 윌리엄 워닉 그리고 브랜드 맥도너를 데리고 가야 할 것 같습니다. 저 혼자 폐목 분쇄기를 움직이는 것이 힘듭니다."

김동하의 눈썹이 꿈틀했다.

"그들이 누굽니까?"

게릿 주피거가 입을 열었다.

"토마스 회장의 저택에서 보스의 손에 의해 저자처럼 변한 사람들입니다."

게릿 주피거가 몸을 웅크린 채 눈물을 흘리고 있는 듀크 레이얼을 가리켰다.

게릿 주피거는 이제 너무나 노골적으로 김동하를 보스라는 호칭으로 부르고 있었다.

김동하가 강요한 것도 아니었지만 게릿 주피기는 당연하게 김동하에게 보스라는 호칭을 사용하고 있었고 김동하도 그 호칭에 대해 어색함을 느끼지 못하고 있었다.

김동하가 힐끗 듀크 레이얼을 바라보았다.

그제야 토마스 레이얼 회장의 저택에서 자신의 손에 천명을 회수당한 저택 습격조가 머리에 떠올랐다.

김동하가 머리를 끄덕였다.

"그렇게 하세요."

김동하의 허락을 받은 게릿 주피거가 농막의 안에서 대기하고 있는 천명을 회수당한 저택 습격조를 데리러 가기 위해 허둥지둥 농막으로 들어갔다.

이미 클린트 루먼은 농막의 안으로 들어간 뒤였다.

김동하가 가져오라고 지시한 폐목분쇄기는 그 크기가 상당해서 대형 포크레인과 같은 크기였다.

또한 랏섬 농장의 창고에 들어 있는 대형 트럭에 올려 실어야만 이동이 가능했다.

그것을 혼자서 할 수는 없었기에 클레이튼 위티드와 같은 저택 습격조가 필요한 것이다.

게렛 주피거는 김동하의 단죄에서 제외될 사람으로 저택 습격조의 대원들 대부분을 머리에 담고 있었다.

그들 모두 킹덤의 보스인 마이클 할버레인에게 지목되어 레이얼가 저택의 습격조로 선발되었지만 그가 알고 있는 한 무고한 사람을 해친 적은 없었다.

다만 킹덤 조직과의 이권다툼을 벌였던 타조직과의 전쟁에서 어쩔 수 없이 생명을 해친 적이 있다는 것이 마음에 걸릴 뿐이었다.

그들이 저택 습격조로 선발된 것은 그런 전쟁에서 다른 조직원들과는 달리 무척 날래고 용감했다는 이유에서였다.

그런 그들의 사정을 김동하가 감안해 준다면 어쩌면 그들은 잃었던 천명을 다시 돌려받을 기회가 있을 것이라고 생각한 게릿 주피거였다.

게릿 주피거가 농막의 안으로 들어간 뒤 잠시 후 노인의 모습으로 변한 몇 명의 사내들이 급하게 농막을 빠져나와 농막 뒤쪽의 창고로 달려갔다.

게릿 주피거가 움직이는 것을 본 김동하가 이내 몸을 돌려 마이클 할버레인이 웅크리고 있는 곳으로 발걸음을 옮겼다.

마이클 할버레인은 이제 완전히 몸에서 힘이 빠진 모습이었다.

비대한 그의 몸뚱이를 감싸고 있던 흰색의 양복은 흙먼지로 지저분했고 부은 것처럼 보이는 무식할 정도로 우람한 그의 손은 본능처럼 땅바닥의 흙을 움켜쥐고 있었다.

마이클 할버레인은 김동하가 다가오자 몸을 부르르 떨었다.

그가 태어나서 김동하처럼 무서운 인간을 만난 것은 이번이 처음이었다.

총으로도 죽일 수 없고 백 명이 넘는 부하들로서도 솜털 하나 건드리지 못할 정도로 너무나 강한 인간이 바로 김동하였다.

덜덜덜.

마이클 할버레인의 터질 듯한 몸뚱이가 학질에 걸린 것처럼 떨리고 있었다.

몸을 떨며 웅크린 마이클 할버레인의 눈에 김동하의 두 발이 자신의 앞에서 멈춰서는 것이 보였다.

"제, 제발 살려 주시오, 제발… 크흐흐."

마이클 할버레인의 입에서 다시 비굴한 애원의 목소리가 흘러나왔다.

김동하가 잠시 마이클 할버레인을 보다가 입을 열었다.

"당신을 죽이진 않아. 다만 지금까지 당신이 살아온 것보다는 훨씬 비참한 모습으로 살게 되겠지."

김동하의 목소리는 얼음처럼 싸늘했다.

죽이지는 않는다는 김동하의 말에 마이클 할버레인이 터질 듯 부풀어 오른 머리를 들어올렸다.

그의 비대한 얼굴은 온통 땀으로 범벅이었다.

"주, 죽이지는 않는다고 하셨습니까?"

김동하가 냉정한 얼굴로 대답했다.

"물론이야. 난 타인의 목숨을 벌레 목숨보다 하찮게 여기는 당신과는 다르니까."

"그, 그럼?"

"벌레처럼 비참한 모습으로 살게 될 거야. 아마 그것도 지금까지 당신이 살아오면서 원한을 맺었던 다른 사람들의 눈을 피해서 살아야 하겠지. 내가 당신을 해치지 않는

다곤 하지만 그들이 당신을 그냥 버려둘 것 같지는 않으니까 말이야."

"……."

한순간 마이클 할버레인의 얼굴이 일그러졌다.

킹덤의 보스로서 지금까지 숱한 원한을 맺어왔던 자신의 인생이었다.

그런 자신이 이젠 그들의 눈을 피해서 살아야 한다는 사실이 너무나 비참하게 느껴졌다.

그때였다.

쿠르르르르르—

무언가 거대한 것이 움직이는 듯 땅이 살짝 흔들렸다.

쿠르르르르.

땅의 진동이 느껴질 정도로 무언가 거대한 물체가 움직이는 소리를 들은 마이클 할버레인의 얼굴이 굳어졌다.

너무나 익숙한 진동음이었기 때문이다.

그의 얼굴이 한순간에 핼쑥하게 변했다.

무엇이 지금 움직이고 있는 것인지 너무나 잘 알고 있는 그였다.

그의 눈에 농막의 뒤에서 천천히 모습을 드러내고 있는 거대한 트럭의 모습이 보였다.

트럭의 짐칸에는 컨베이어와 같은 섬뜩하게 생긴 거대한 물체가 실려 있었다.

한쪽으로는 마치 나팔관처럼 생긴 긴 원형의 물체가 삐져나와 있었고 아래쪽으로는 한눈에 보아도 섬뜩하게 생긴 톱니와 같은 둥근 파쇄기가 모습을 드러냈다.

톱니와 같은 파쇄기가 달린 아래쪽으로 폐목이 투입되면 위쪽의 나팔관 같은 출구를 통해 파쇄된 폐목이 사출되는 장치였다.

여명이 밝아오는 새벽의 랏섬 농장의 마당에 모습을 드러내는 폐목파쇄기는 참으로 섬뜩했다.

폐목파쇄기가 실린 트럭의 운전석에는 게릿 주피거가 앉아 있었고 뒤쪽의 폐목 파쇄기의 조종석에는 노인의 모습으로 변한 클레이튼 위티드가 앉아 있었다.

다른 두 명의 노인들이 천천히 움직이고 있는 트럭의 좌우에서 걸음을 옮기고 있었다.

김동하가 트럭에 실려 있는 폐목 분쇄기를 훑어보았다.

일순 김동하의 미간이 좁혀졌다.

폐목분쇄기의 폐목투입구와 분쇄된 폐목의 사출관 주변에서 짙은 혈향이 느껴졌기 때문이다.

그뿐만 아니라 투입구와 사출관의 주변에 검붉은 오염이 보였다.

그것은 믹서라고 불리는 폐목분쇄기에 희생된 희생자들이 남긴 피의 흔적이 분명했다.

폐목분쇄기는 마이클 할버레인에게 처형의 판결이 내려

진 희생자의 처형을 집행할 때만 모습을 드러낸다.

그리고 대부분의 희생자들은 폐목분쇄기가 모습을 드러내면 거의 삶에 대한 의지를 상실하고 스스로 자결을 선택하는 경우가 많았다.

자결을 선택한 희생자는 끔직한 폐목분쇄기에 자신이 희생되는 것을 모르고 폐목투입구에 던져지게 된다.

그렇다고 해도 뼈까지 완전히 갈려나간 처참한 모습으로 캔시코 호수의 물고기 밥으로 던져질 것은 짐작하면서 죽어갔다.

자신의 악명에 더욱 공포감을 실어주던 폐목분쇄기가 눈앞에 모습을 드러내자 비대한 체구의 마이클 할버레인의 몸이 덜덜 떨리기 시작했다.

자신의 전매특허와 같은 잔인한 처형기인 폐목분쇄기에 이제 자신이 희생자가 될지도 모른다는 두려움 때문이었다.

하지만 김동하가 자신은 죽이지 않을 것이라고 한 사실에 땀에 젖은 얼굴로 폐목분쇄기가 실려 있는 트럭을 몰고 있는 게릿 주피거를 바라보았다.

그때 농막에서 클린트 루먼이 걸어 나왔다.

그 역시 게릿 주피거가 김동하의 지시로 폐목분쇄기를 끌고 나온 것을 알고 있었기 때문이다.

킹덤의 조직원들 중 보스인 마이클 할버레인을 제외하고

클린트 루먼만큼 폐목분쇄기에 희생된 희생자를 많이 알고 있는 사람도 없을 것이다.

더구나 킹덤에서 마약을 유통시키는 것에 반감을 가졌던 도니 애스몬드 일가를 무자비하게 처형했던 장면은 지금도 클린트 루먼에게는 잊히지 않을 잔인한 장면으로 남아 있었다.

어린 두 딸만이라도 살려달라고 애원하던 도니 애스몬드와 그의 아내 수잔 애스몬드의 애절한 요구에도 마이클 할버레인은 차가운 미소만 날렸다.

아버지와 엄마가 지켜보는 중에 비명을 지르며 발버둥치던 그들의 두 딸을 산채로 폐목분쇄기의 투입구로 던져 넣으라고 지시하던 마이클 할버레인의 잔인함은 명색이 킹덤의 이인자였던 클린트 루먼에게도 악몽으로 남아 있었다.

두 딸이 너무나 비참하게 죽어가는 것을 본 도니 애스몬드는 결국 견디지 못하고 처형이 집행되기 전 스스로 혀를 물고 죽었다.

그의 아내 역시 마찬가지였다.

도니 애스몬드처럼 스스로 목숨을 끊은 것은 아니었지만 두 딸이 참혹하게 죽어가자 스스로 정신을 잃어버린 수잔 애스몬드였다.

결국 그녀는 자신이 폐목분쇄기에 들어가는 것을 의식하

지 못하고 죽었다.

하지만 일가족을 그런 식으로 무참하게 죽인 마이클 할버레인은 그것만으로 킹덤의 모든 조직원들에게 자신이 보스라는 사실을 새롭게 각인시키는 계기가 되었다.

그리고 이제 그 잔인했던 처형을 지시한 마이클 할버레인이 역으로 당하는 것을 자신의 눈으로 지켜보고 싶었다.

클린트 루먼은 김동하가 마이클 할버레인을 죽이지 않을 것이라고 말한 사실은 모르고 있었다.

다만 김동하가 게릿 주피거를 시켜 폐목 분쇄기를 가져오라고 말한 이유가 그것을 통해 마이클 할버레인에게 똑같은 응징을 할 것이라고 짐작했다.

그리고 그 장면을 자신의 눈으로 반드시 지켜보고 싶었다.

클린트 루먼이 김동하의 옆으로 다가서면서 입을 열었다.

"이곳 랏섬 농장의 리오넬 헤이든의 부하들 대부분이 킹덤에서 탈퇴하는 것을 선택했습니다. 대부분의 부하들이 리오넬 헤이든과 저자 마이클 할버레인의 처형이 두려워 킹덤을 떠나지 못한 것으로 보입니다. 그리고 보스께서 아까 리오넬 헤이든과 그 측근을 단죄할 때 보여주신 무력으로 인해 반항할 의지도 잃어버린 것 같았지요."

클린트 루먼도 게릿 주피거처럼 김동하를 보스라는 호칭

으로 부르고 있었다.

김동하가 머리를 끄덕였다.

"다행이군요."

클린트 루먼이 힐끗 농막을 돌아보며 다시 입을 열었다.

"킹덤을 떠날 결정을 내린 자들 대부분이 이곳에서 마약을 취급하던 것을 못마땅하게 생각하고 있었던 것 같습니다. 마약의 대금 대부분이 마이클 할버레인이나 죽은 리오넬 헤이든 같은 자들의 호주머니로 들어가는 것을 알기 때문이었지요."

말을 마친 클린트 루먼이 바닥에 엎드린 채 얼굴을 들고 있는 마이클 할버레인의 얼굴을 쏘아보았다.

마이클 할버레인의 살찐 얼굴은 온통 땀으로 범벅이 되어 있었다. 클린트 루먼이 난장판으로 변한 랏섬 농장의 마당을 훑어보았다. 바닥에 쓰러진 자들 대부분이 마이클 할버레인의 측근 경호원들이거나 그의 심복들이 친위대로 거느리고 있는 자들이었다.

그 때문에 그중에서 살려야 할 자들은 없다는 생각이 들었다. 클린트 루먼이 랏섬 농장의 마당을 훑어보다가 다시 입을 열었다.

"이곳에서 보스에게 당한 자들 중에 보스의 배려를 받을 자들은 없는 것으로 보입니다. 대부분이 저자 마이클 할버레인의 심복이거나 그 심복을 섬기는 친위대와 같은 자들

입니다. 보스에게 당해도 억울할 일이 없는 자들이지요."

클린트 루먼의 말에 잠시 주변을 훑어보던 김동하가 입을 열었다.

"수고했습니다."

"아닙니다. 저 역시 이제 킹덤이라는 조직에 대한 미련을 버리니 홀가분한 느낌입니다. 모든 게 보스의 덕분입니다."

클린트 루먼이 정중하게 이마를 숙였다.

그때 랫섬의 마당으로 나왔던 폐목분쇄기를 실은 트럭이 멈춰 섰다. 트럭이 멈춰선 곳은 이곳 랫섬에서 늘 희생자의 처형을 집행하던 바로 그 자리였다.

랫섬 농장의 마당에서 캔시코 호수의 수변까지 3m도 떨어지지 않은 장소였다.

저곳에서 마이클 할버레인의 처형결정이 내려진 희생자를 처형하고 캔시코 호수로 희생자의 갈가리 찢겨진 시신을 사출시켜 물고기 밥으로 만들었다. 트럭이 멈추자 트럭의 운전석에서 게릿 주피거가 내려섰다.

게릿 주피거가 김동하가 있는 곳으로 다가왔다.

"저것입니다. 보스."

게릿 주피거가 검붉은 얼룩으로 더욱 섬뜩해 보이는 폐목분쇄기를 가리켰다. 김동하가 머리를 끄덕였다.

"많은 사람의 피가 묻어 있군요."

클린트 루먼이 끼어들었다.

"저 분쇄기에 희생된 사람만 근 100명이 넘을 것입니다. 모두 저자, 마이클 할버레인의 처형 결정으로 희생된 사람들이었습니다. 뼈조차 한 조각 남기지 않고 모두 갈아버렸으니 아마 저 분쇄기의 혈흔이 아니라면 그 어디에도 희생자의 흔적은 남아 있지 않을 겁니다."

김동하가 물었다.

"저것이 아직도 동작합니까?"

클린트 루먼이 머리를 끄덕였다.

"물론입니다. 처형이 집행된 후에는 반드시 기계를 정비해야 했으니까요."

"그럼 기계를 동작시키세요."

김동하의 지시에 클린트 루먼과 게릿 주피거의 얼굴이 굳어졌다. 클린트 루먼이 약간 상기된 얼굴로 물었다.

"이자들을 모두 분쇄기로 처형하실 생각이십니까?"

김동하가 나직하게 입을 열었다.

"다른 사람이 저 기계에 희생되는 것을 지켜보았으니 이제 자신들의 몸 일부가 저 기계의 제물이 되는 장면도 지켜보게 할 생각입니다."

순간 클린트 루먼과 게릿 주피거가 눈을 치켜떴다.

김동하가 싸늘한 목소리로 입을 열었다.

"나의 검에 잘린 저들의 수족을 모두 저 기계에 넣어버릴

생각입니다. 애꿎게 저 기계에 죽어간 사람들의 원혼이라도 달래야 하지 않겠습니까?"

클린트 루먼이 이를 악물었다.

"보스께서 허락하신다면 저 마이클 할버레인은 내 손으로 저 기계 속으로 던져버리고 싶습니다."

클린트 루먼의 말에 김동하가 힐끗 그를 돌아보았다.

바닥에 무릎을 꿇고 있던 마이클 할버레인도 놀란 얼굴로 클린트 루먼을 올려다보았다.

자신의 계획대로 오늘 일이 진행되었다면 믹서라 불리는 저 폐목분쇄기에 의해 처형이 집행되었을 사람은 클린트 루먼과 김동하였을 것이다.

하지만 자신의 생각과는 달리 신의 능력을 지닌 김동하의 등장으로 오히려 이젠 자신이 처형의 대상이 되었다는 사실이 참으로 아이러니했다.

그의 눈이 가늘게 떨렸다.

김동하가 클린트 루먼을 바라보며 입을 열었다.

"저자에게 원한이 많군요?"

클린트 루먼이 입을 열었다.

"저자의 말 한마디에 아무것도 모르고 살려달라고 빌던 10살짜리 계집아이와 12살짜리 언니가 저 기계에 갈려서 칸시코 호수의 물고기 밥으로 뿌려졌지요. 킹덤에서 마약을 거래하는 것을 싫어했던 친구의 딸들이었습니다. 그날 이후 저는 저자를 인간이 아닌 짐승으로 생각했습니다. 언젠가 기회가 온다면 저자를 저 기계에 던져버리고 싶다고 결심한 것도 그때였습니다."

클린트 루먼의 눈이 서늘한 한광을 담고 마이클 할버레인을 쏘아보았다.

마이클 할버레인이 이을 악물고 머리를 숙였다.

그의 머릿속에서도 몇 년 전 자신의 지시에 의해 죽어간 도니 애스몬드의 가족이 떠올랐던 것이다.

킹덤의 마약 거래 정보를 노리던 블랙크로스와 결탁해서 마약 정보를 넘겨준 도니 애스몬드의 처형식이었다.

김동하가 힐끗 마이클 할버레인을 내려다보았다.

김동하의 입이 열렸다.

"저자에 관한 처분은 굳이 내가 아니더라도 해줄 사람이 많을 겁니다."

클린트 루먼의 얼굴이 굳어졌다.

"살려주실 것입니까?"

김동하가 담담한 얼굴로 대답했다.

"신의 힘을 가졌다고 삶과 죽음에 관해 신만이 내릴 결정을 마음대로 할 수 있는 것은 아닙니다. 다만 제 의지로 천명을 돌려주거나 회수하는 것은 가능하지만… 이제 저자의 삶은 저자가 스스로 만들어 온 자신의 삶의 무게로 이어지게 되겠지요."

김동하의 말은 클린트 루먼에게는 무척이나 난해한 말이었다. 하지만 그것을 되물을 수는 없었다.

다만 마이클 할버레인을 죽이지 않고 살려줄 것이라는 말에 약간 실망감을 느낄 뿐이었다.

그때였다. 김동하로부터 폐목분쇄기를 가동하라는 지시를 받은 게릿 주피거가 폐목분쇄기의 조종석에 앉아 있는 클레이튼 위티드에게 신호를 보냈다.

게릿 주피거의 신호를 받은 클레이튼 위티드가 망설임 없이 분쇄기의 가동버튼을 눌렀다.

딸칵—

순간 엄청난 굉음과 함께 거대한 폐목분쇄기의 톱니가 돌아가기 시작했다.

위이이이이이이이잉—

나선형으로 맞물려 있는 거대한 톱니와 같은 원형의 바퀴가 돌아가며 끔찍한 기계음을 토해냈다.

이제 저 톱니 속으로 무엇이든 던져 넣으면 갈가리 찢겨져 형체도 알아보기 힘들 정도로 갈려서 칸시코 호수의 물속으로 뿜어지게 될 것이다.

폐목분쇄기가 가동되기 시작하자 게릿 주피거와 두 명의 사내가 김동하의 엄청난 신위에 당해 랏섬의 마당에 널브러진 킹덤의 조직원들의 잘린 팔다리를 주워들었다.

바닥에 쓰러진 자들의 대부분은 팔이든 다리든 뭐든 하

나는 잘려 있었다.

김동하가 자신과 한서영을 노골적으로 표적으로 삼았던 마이클 할버레인의 심복들을 그대로 버려두고 싶지 않기에 모질게 손을 써서 아예 그들의 팔이나 다리를 잘라버린 것이다.

잘린 킹덤 조직원들의 팔다리를 폐목분쇄기의 톱니와 이어진 컨베이어 위로 던지자 이내 팔과 다리가 폐목분쇄기의 톱니 속으로 빨려 들어갔다.

드드드드득—

뼈와 살점이 갈리는 섬뜩한 소리와 함께 잘린 팔다리가 짓이겨지고 있었다.

이내 나팔관처럼 생긴 사출구로 시뻘건 핏물이 튀어 올라 칸시코 호수의 물 위로 떨어졌다.

삽시간에 칸시코 호수의 물이 시뻘겋게 변했다.

그 모습을 지켜보고 있던 한서영과 마이클 할버레인의 리무진에서 탈출한 두 명의 여인이 참혹한 장면을 볼 수 없다는 듯이 머리를 돌려버렸다.

사람의 살점이 뼈와 함께 잘게 갈려나가는 소리는 꿈에서도 듣기 싫을 정도로 너무나 섬뜩한 소리였다.

한서영은 머리를 돌린 채 아예 두 손으로 귀까지 막아버렸다.

김동하가 이런 결정을 한 것은 마이클 할버레인이 이끄

는 킹덤이라는 조직의 너무나 사악했던 죗값을 응징하려
는 의미였겠지만 그럼에도 잔인하다는 생각은 어쩔 수가
없었다. 두 손으로 귀를 막고 눈까지 질끈 감은 한서영의
얼굴은 창백하게 변해 있었다.

한편 자신들의 잘려진 팔다리가 폐목분쇄기에 의해 어육
으로 갈려나가는 것을 지켜보는 마이클 할버레인의 심복
들과 그들의 친위대들은 하얗게 질린 얼굴로 허공으로 튕
겨지는 시뻘건 핏물을 바라보고 있었다.

보스인 마이클 할버레인의 지시로 처형자가 희생이 되던
장면을 마치 재미있는 활극을 보듯 지켜보았던 그들이었
지만 지금은 반대로 자신들의 수족이 형체도 알아보지 못
할 핏덩이로 변해 칸시코 호수의 물고기 밥이 되는 장면을
지켜보아야 했다.

할 수 있다면 애원이라도 해서 말리고 싶고 제발 자신의
팔다리만은 온전히 돌려달라고 부탁하고 싶었지만 입이
열리지 않았다.

콰드드드득—

위이이이이잉—

폐목분쇄기에서 팔다리가 갈려나가는 소리가 너무나 소
름끼치게 들려왔다. 부하들의 잘린 팔다리가 분쇄기에 갈
려서 칸시코 호수로 떨어져 나가는 장면을 지켜보는 마이
클 할버레인의 몸이 부들부들 떨리고 있었다.

자신이 누군가를 처형할 때는 그다지 의식하지 못했지만 지금의 장면은 매우 참혹하게 비쳤다.

　이윽고 바닥에 떨어진 킹덤 조직원들의 잘려나간 신체가 모두 분쇄기의 제물이 되었다.

　위이이이잉.

　더 분쇄할 것이 없는 것을 아쉬워하는 듯 분쇄기의 회전 톱날이 돌아가는 소리가 단조로워지고 있었다.

　게릿 주피거가 김동하를 향해 다가왔다.

　"보스께서 지시하신 대로 모두 분쇄기에 던져 넣었습니다."

　김동하가 머리를 끄덕였다.

　"알겠습니다."

　짧게 대답한 김동하가 바닥에 웅크려 몸을 떨고 있는 마이클 할버레인을 바라보았다.

　"이제 당신 차례군."

　순간 마이클 할버레인의 몸이 움찔했다.

　"사, 살려주신다고 하셨지 않습니까?"

　마이클 할버레인의 입에서 마치 울음이 터질 것 같은 목소리가 흘러나왔다.

　그의 온몸은 이제 완전히 땀으로 덮여 있었다.

　김동하가 대답했다.

　"죽인다고 하지 않았어. 당신 차례일 뿐이라고 말한 거지."

"그게 무슨……."

　마이클 할버레인은 김동하의 말을 이해하지 못했다.

　김동하가 자신의 손에 들려 있는 화목용 쇠꼬챙이를 가만히 들어올렸다.

　"당신의 말 한마디에 손발이 잘려나가야 했던 당신의 부하들에게 당신역시 같은 대가를 치르는 것을 보여줘야 하지 않겠나?"

　말을 마친 김동하가 가볍게 화목용 쇠꼬챙이를 휘둘렀다.

　스각—

　번쩍—

　날카로운 파공성과 함께 허공에서 은빛의 섬광이 피어올랐다가 천천히 지워졌다.

　순간 마이클 할버레인의 얼굴이 굳어졌다.

　김동하의 손에 들린 검처럼 변형된 화목용 쇠꼬챙이가 휘둘러지면 부하들의 팔다리 중 하나가 잘려나가는 것을 자신의 눈으로 지켜보았다.

　하지만 정작 자신의 몸에는 이상이 없었다.

　그때 그의 귀로 나직한 김동하의 목소리가 들렸다.

　"지금까지 살아오면서 당신이 저질렀던 모든 죄업을 대신해왔던 당신의 팔다리를 가져간다. 당신의 천명까지 회수하면 좋겠지만 그건 당신에게 한을 품은 사람들에게 너무 가혹한 처분이 될 것 같아 당신의 남은 생은 그 사람들에게 맡기는 것이 좋을 것 같다고 생각했어.”

　김동하가 말을 마치는 순간 바닥에 웅크리고 있던 마이클 할버레인의 몸이 한쪽으로 기우뚱 기울었다.

　“이, 이게…….”

　자신도 모르게 자신의 몸이 기울어진다는 것을 느낀 마이클 할버레인이 입을 벌렸다.

　그의 눈에 자신의 몸을 지탱하고 있던 두 팔이 팔꿈치부터 잘려나가서 자신의 몸에서 떨어지는 것이 보였다.

　“어, 어…….”

　털썩—

　비대한 그의 몸이 한쪽으로 기울어지며 완전히 넘어졌다. 기울어지는 몸을 받쳐야 할 두 팔이 멀어지는 모습이 보이자 외마디 비명이 그의 목젖을 뚫고 흘러나왔다.

　자신의 몸을 지탱할 두 팔을 잃은 마이클 할버레인의 비대한 몸뚱이가 마치 랏섬의 농장에서 장작용으로 패기 위해 쌓아놓은 통나무처럼 한쪽으로 나뒹굴었다. 그제야 두 팔에서 엄청난 통증을 느낀 마이클 할버레인이었다.

　“끄아아아아악.”

　입을 벌려 비명을 질러대는 마이클 할버레인의 눈에 마찬가지로 한쪽에 나란히 잘려서 자신의 몸통과 떨어지고 있는 그의 두 다리가 보였다.

두 다리 역시 무릎 쪽에서 잘려나가 마치 비올 때 벗어놓은 장화처럼 한쪽으로 나란히 눕혀져 있었다.

"크허허허허."

두 팔과 두 다리를 잃은 마이클 할버레인의 몸은 그야말로 푸줏간에서 도살되어 가죽이 벗겨진 돼지의 몸통처럼 흉측한 몰골로 변해 있었다.

"끄그그그그극."

두 팔과 다리를 잃은 채 남은 몸통만 버둥거리고 있는 마이클 할버레인의 모습은 비참했다. 지금까지 킹덤의 보스로 살아왔던 그로서는 너무나 비참하고 참혹한 결과였다. 비명을 질러대는 마이클 할버레인을 바라보는 김동하의 눈빛이 잠시 흔들렸다.

자신의 손으로 마이클 할버레인의 두 팔과 다리를 잘라버렸지만 그 모습이 너무나 기괴해 잠시 자신의 손속이 과한 것이었는지 갈등이 생긴 것이다.

하지만 이내 김동하의 얼굴이 다시 싸늘하게 변했다.

"당신의 생명을 가져가진 않겠어. 하지만 내가 말한 대로 앞으로 당신은 벌레같이 살아야 할 거야. 그리고 지금까지 당신이 살아온 인생을 후회하게 되겠지. 그게 언제까지일지는 나도 모르겠지만."

말을 마친 김동하가 역시 딱딱하게 굳은 얼굴로 서 있는 게릿 주피거를 바라보며 입을 열었다.

"마지막으로 이자의 잘린 팔다리를 저 기계에 넣어버리도록 하세요."

게릿 주피거가 굳은 표정으로 대답했다.

"예! 보스."

그때였다.

"그건 제가 하겠습니다 보스."

지켜보고 있던 클린트 루먼이 약간 상기된 얼굴로 끼어들었다. 그로서는 마이클 할버레인을 죽일 수는 없지만 이런 식으로 마이클 할버레인에게 응징을 내릴 기회를 자신의 손으로 얻고 싶었다.

게릿 주피거가 뒤로 살짝 물러섰다.

"알겠습니다. 제가 양보하지요."

게릿 주피거가 물러서자 클린트 루먼이 잘려나간 마이클 할버레인의 두 팔과 다리를 집어 들었다.

몸뚱이가 아닌 두 팔과 다리였지만 평생을 탐욕으로만 살아온 탓에 그것도 상당한 무게로 느껴졌다. 특히 나란히 잘려나간 마이클 할버레인의 두 다리는 다른 사내들의 다리의 두 배는 될 정도로 살이 쪄 있었다.

두 개의 팔과 다리를 집어 든 클린트 루먼이 냉정한 표정으로 또 다른 희생자를 갈구하는 듯 맹렬하게 회전하고 있는 폐목분쇄기의 폐목 투입구로 던져버렸다.

투둑—

콰드드드드드득—

우우우우우우웅—

또다시 온몸이 오그라들 것 같은 섬뜩한 소리가 들리면서 폐목분쇄기의 위쪽에 달린 사출구에서 시뻘건 핏덩이가 튀어 칸시코 호수의 수면 위로 떨어져 내렸다.

투두두두둑—

마치 피의 비가 내리는 듯 칸시코 호수의 위로 선홍의 파문이 쉴 새 없이 만들어지고 있었다.

"끄흐흐흐흐흐."

자신의 두 팔과 다리가 지금까지 자신의 악명에 대한 대명사처럼 인식되었던 폐목분쇄기에 의해 산산이 찢겨나가는 것을 지켜본 마이클 할버레인이 눈물을 흘리며 버둥거렸다. 농막의 난간 한쪽에서 이 모습을 지켜보고 있던 듀크 레이얼이 참지 못하고 오줌을 지리고 있었다.

듀크 레이얼은 지금 자신이 너무나 지독한 악몽을 꾸고 있다고 생각하고 있었다. 그리고 이 악몽이 한시라도 빨리 끝나기를 신에게 빌었다.

마이클 할버레인까지 처리한 김동하가 클린트 루먼을 바라보았다.

"이제 이곳의 뒤처리는 당신에게 맡기도록 하지요. 난 저자만 데리고 돌아갈 겁니다."

김동하가 손에 들린 화목용 쇠꼬챙이로 몸을 떨며 오줌

까지 지리고 있는 듀크 레이얼을 가리켰다.

클린트 루먼이 대답했다.

"뒤처리는 문제없습니다. 보스."

말을 하는 클린트 루먼의 얼굴은 벌겋게 상기되어 있었다. 그로서는 자신이 살았다는 기쁨보다는 뱀처럼 사악하고 이기적인 욕심으로 가득한 마이클 할버레인을 이런 식으로 제거했다는 것이 더없이 기쁘기만 했다.

그리고 오늘을 끝으로 더 이상 이 세상에는 킹덤이라는 조직은 존재하지 않을 것이다.

김동하가 자신의 손에 당한 킹덤의 조직원들을 훑어보았다. 이대로 버려두어도 이제 그들은 이 세상에서 온전히 살아가기 힘들 정도로 망가져 있음을 느낄 수 있었다.

그리고 그들 역시 마이클 할버레인처럼 천명을 회수하는 것보다는 그들의 손에 의해 한을 품은 사람들의 처분에 맡기는 것이 더 나은 결과일 것으로 생각했다.

김동하가 자신의 손에 들린 화목용 쇠꼬챙이를 힐끗 보다가 어금니를 깨물었다.

"이젠 저것도 더 이상 필요 없을 것 같군."

나직하게 중얼거린 김동하가 자신의 손에 들린 화목용 쇠꼬챙이에 무량기를 한껏 불어넣었다. 순간 화목용 쇠꼬챙이에서 눈이 멀 것 같은 백색의 빛이 피어올랐다.

후우우우우우웅──

조선남자
朝鮮男子

클린트 루먼과 게릿 주피거의 얼굴이 굳어졌다.

김동하의 손에 들린 화목용 쇠꼬챙이에서 백색의 빛이 피어오르면 그 무엇이든 잘려나간다는 것을 잘 알고 있는 두 사람이었다.

김동하가 자신의 손에 쥐어진 백색의 빛으로 감싸진 화목용 쇠꼬챙이를 아직도 거친 엔진음을 토하며 돌아가고 있는 폐목분쇄기를 향해 뻗었다.

스가가가가가각—

쩌저저저저적—

우우우웅—

마치 거대한 바위가 갈라지는 듯한 소리가 들림과 동시에 거칠게 돌아가고 있던 폐목분쇄기의 엔진음이 일순 멈췄다. 동시에 거대한 폐목분쇄기가 말 그대로 절반으로 잘려나갔다. 폐목분쇄기의 조종석에 앉아 있던 클레이튼 위티드가 멍한 얼굴로 자신의 앞쪽에서 잘려나간 폐목분쇄기의 앞부분을 바라보았다.

김동하의 화목용 쇠꼬챙이는 정확하게 분쇄기의 엔진을 절반으로 잘라놓고 그것도 모자라 아예 두 동강으로 만들어 버렸다.

엔진이 잘려나간 이상 이제는 수리를 할 수도 없었다.

콰당탕—

첨벙.

두 동강으로 잘려나간 폐목분쇄기는 약간 기울어진 채 트럭 위에 잠시 서 있다가 이내 한쪽으로 기울며 절반은 칸시코 호수의 물속으로 떨어졌다. 잘려나간 폐목분쇄기는 말 그대로 흉물스러운 형태로 변해 있었다.

폐목 분쇄기까지 잘라버린 김동하가 손에 들린 화목용 쇠꼬챙이를 잠시 보다가 한쪽으로 던져 버렸다.

핏—

쿡—

한쪽으로 던진 화목용 쇠꼬챙이가 랏섬의 농장 마당 한 곳에 박혀버렸다. 마치 이제 랏섬은 김동하 자신의 영역이라는 것을 의미하는 듯 가공할 느낌이 들었다.

김동하가 폐목분쇄기까지 단숨에 잘라버리는 것을 지켜본 킹덤의 부하들은 숨소리조차 내지 못했다.

허접(?)해 보이는 쇠꼬챙이가 아름드리 통나무까지 아예 가루로 만들 정도로 엄청난 위력을 자랑하는 폐목분쇄기를 절반으로 잘라버리자 심장이 오그라드는 느낌이 든 것이다. 말 그대로 겨우 팔 하나 다리 하나 내어주고 목숨만 건진 것도 행운이라는 생각이 들 정도로 김동하의 모습은 너무나 두렵기만 했다.

김동하가 농막의 난간에 주저앉아 있는 듀크 레이얼을 향해 걸음을 옮겼다. 듀크 레이얼은 이제 마치 넋이 빠진 듯한 얼굴이었다. 김동하가 듀크 레이얼의 앞에 멈춰 서서

그를 내려다보았다.

"이제 당신을 어떻게 처리해야 할지 결정을 해야 할 것 같군."

김동하의 말에 듀크 레이얼이 입가로 침을 흘리며 입을 열었다.

"제, 제발 살려주십시오."

듀크 레이얼은 이름 하나만으로 뉴욕의 밤을 지배하던 킹덤의 마이클 할버레인을 너무나 간단하게 처리하는 김동하에게 오직 공포심만 느낄 뿐이었다.

김동하가 머리를 흔들었다.

"당신을 죽이지는 않아. 당신 역시 지금까지 당신이 누려왔던 비굴한 삶의 대가를 아주 초라한 모습으로 치러야 할 뿐이지."

"으흐흐흐흐."

듀크 레이얼이 머리를 돌리며 기이한 비명을 흘렸다.

김동하가 입을 열었다.

"당신을 처리하기 전에 당신과 함께 만나야 할 사람이 있지. 그 사람 역시 당신과 같은 대가를 치르게 될 것인지는 아마 만나서 결정하게 될 거야."

김동하의 말에 듀크 레이얼이 눈을 질끈 감았다. 김동하가 말하는 사람이 누군지 단번에 알아차렸기 때문이다. 그의 생각을 읽기라도 한 듯 김동하의 목소리가 들렸다.

"이제 당신의 아버지인 로빈 레이얼 씨를 만나보는 것이 좋을 것 같군. 그 역시 그 비열한 욕심을 버리지 못했다면 아마 아주 참혹한 삶을 살게 될 거야."

나직한 김동하의 목소리가 듀크 레이얼의 머릿속을 마치 천둥처럼 울리고 있었다.

새벽이 오며 랏섬 농장은 이제 확연하게 밝아졌다.

구름 한 점 보이지 않는 맑은 날씨의 랏섬 농장의 하늘이 듀크 레이얼에게는 금방이라도 허물어져 내릴 것 같은 회색빛으로 밝아오는 느낌이 들었다.

형제의 선택

　—정말 그 조건에 레이얼을 넘기겠다는 말입니까?

　전화기를 통해 건너오는 굵은 남자의 목소리가 살짝 떨리고 있었다.

　한 손으로 자신의 양쪽 관자놀이를 함께 누르고 있던 로빈 레이얼이 어금니를 깨물었다.

　"물론이오. 조건 없이 3,500억불에 넘겨드리지요. 물론 지금 이 조건은 일본의 구와정밀에도 같은 조건으로 제시한 것입니다."

　약간 꺼칠한 느낌이 드는 자신의 목소리에 로빈 레이얼이 이마를 찌푸렸다.

어제부터 지속되던 두통은 아침에 일어나서 아스피린을 몇 알 삼켰는데도 여전했다.

전화기 속에서 다급한 목소리가 다시 들렸다.

—구와정밀의 반응은 어땠습니까? 그런 조건이라면 쉽지 않은 조건이 분명할 텐데요? 토마스 회장과 관련된 일이라 혹시라도 일이 잘못되면 국가 간의 분쟁이 발생할 여지도 있으니 말입니다.

로빈 레이얼이 레이얼 시스템의 매각조건으로 제시한 조건의 내용 중 가장 심각한 문제는 현 레이얼 시스템의 회장인 친형 토마스 레이얼 회장을 죽여야 한다는 조건이었다.

만약 그것이 드러날 경우 사소한 개인의 죽음이 아닌 국가 간의 분쟁까지 진화할 수 있는 엄청난 사건이 된다.

그 때문에 선뜻 로빈 레이얼의 조건을 받아들이지 못했다.

로빈 레이얼이 대답했다.

"그러니까 매각대금을 500억불이나 낮춘 거요. 받아들일 수 없다면 중국의 화신그룹에서는 우리 레이얼 시스템을 인수하는 것에 관심이 없다고 받아들이는 수밖에요."

로빈 레이얼이 창가에 놓인 화분을 쏘아보았다.

엊그제 정부인 헬렌 루이스가 사다 놓은 장미 화분이었다.

천성적으로 화초나 꽃 따위는 그다지 관심 없는 로빈 레이얼이었기에 거추장스럽다고만 생각했다.

잠시 전화기 속의 상대가 말을 끊고 있었다.

이내 다시 전화에서 목소리가 들려왔다.

─일본의 구와 정밀 쪽에서 나온 반응은 없습니까?

상대는 일본의 반응이 무척 궁금한 모양이었다.

로빈 레이얼이 잠시 눈을 질끈 감았다가 번쩍 눈을 떴다.

"솔직하게 말하면 일본의 구와정밀은 내가 제시한 조건을 받아들일 수 있지만 인수가격을 낮춰 달라고 요구하더군요. 구와정밀에서 제시한 인수가격은 3,000억불이었소. 그렇지 않아도 500억불이나 낮춰놓았는데 다시 매각대금을 깎아달라는 그 조건을 들어줄 생각은 없소. 그쪽도 알다시피 레이얼 시스템은 기업브랜드 가치만 해도 수천억불에 이를 정도로 세계 최고의 시스템 브랜드니까 말이요. 하지만 만약 화신에서 내 조건을 받아들이지 못한다면 구와정밀과 다시 매각대금의 조정을 진행해볼 생각은 있습니다. 물론 구와정밀이 요구하는 황당한 가격은 절대로 받아들이지 않겠지만."

─……

상대의 말이 끊어지자 로빈 레이얼이 마른침을 삼키며 다시 입을 열었다.

"다시 한번 말하지만 나는 3,000억불이라는 터무니없는 매각대금으로 구와정밀에 레이얼을 넘길 생각이 없습니다. 구와정밀과의 매각협상이 틀어지면 같은 일본의 하치네 제작소나 독일의 브란츠정밀과도 같은 조건으로 매각협상을 진행해 볼 생각이고, 다만 그 전에 먼저 중국의 화신그룹에 이런 조건을 제시하는 것입니다. 물론 더 이상의 매각대금을 양보하지는 않을 것이오. 애초에 화신에서 제시한 매각대금보다 500억불이나 줄여놓은 금액이니 말입니다."

로빈 레이얼의 목소리는 무척 차가웠다.

잠시 말을 멈추었던 전화기 속의 상대가 다시 입을 열었다.

―매각 시기는 언제로 예상하십니까?

로빈 레이얼이 바로 대답했다.

"내 손에 레이얼 시스템의 경영권이 들어오는 즉시 진행될 겁니다."

참으로 간단한 말이었다.

―꼭 그 조건을 받아들여야 한다면 나도 내부의견을 들어봐야 할 것 같습니다.

전화기 속의 목소리는 무척 고민이 되는 듯 망설이는 느낌이 짙었다.

로빈 레이얼이 입술을 비틀며 웃었다.

"나로서는 화신그룹이나 천회장에게 최고의 기회를 주는 것입니다."

로빈 레이얼의 입에서 상대의 정체를 가리키는 말이 흘러나왔다.

천평화(千平和).

중국의 화신그룹 회장으로서 올해 나이 62세의 노회한

장사꾼이 바로 그였다.

중국정부의 고위층과 깊은 연대를 가지고 있다고 알려진 그는 중국정부의 전폭적인 지지를 받고 있는 화신그룹의 막대한 자금력으로 해외기업들을 무차별적으로 인수하는 기업사냥꾼이기도 했다.

전화기 속의 화신그룹 회장 천평화의 대답이 들려왔다.

—알고 있소. 하지만 그렇다고 해도 이건 내 독단으로 처리하기에는 좀 난감한 사안이라 잠시 우리 내부에서도 논의가 필요합니다.

화신그룹의 천평화 회장으로서는 목에서 손이 나올 정도로 레이얼 시스템을 인수하고 싶은 심정이었다.

하지만 그렇다고 지금 로빈 레이얼이 제시한 조건을 무작정 받아들일 순 없었다.

만약의 경우에 엄청난 사태를 불러일으킬 위험요소가 너무 크다는 것이 문제였다.

결국 로빈 레이얼이 제시한 조건을 받아들이는 것은 화신그룹의 배후에 있는 중국 정부 측과 의논이 필요한 사안임을 말하고 있었다.

하지만 결국은 로빈 레이얼이 제시한 조건을 받아들일 것이 분명했다.

오래전부터 레이얼 시스템과 같은 최첨단 기업의 인수를 노리고 있었다는 것을 로빈 레이얼은 이미 알고 있었기 때문이다.

　로빈 레이얼이 입술을 비틀며 입을 열었다.

　"늦지 않게 진행되어야 할 겁니다. 시기를 놓치면 당신들에게는 그나마 낮은 가격으로 레이얼을 인수할 기회가 사라질지도 모르니 말입니다."

　─알겠습니다. 한 시간 뒤에 다시 연락을 드리지요.

　"알겠소. 기다리지요."

　딸칵─

　전화가 끊어졌다.

　중국의 화신그룹 천평화 회장과의 통화가 끝나자 로빈 레이얼이 이를 드러내며 빙그레 웃었다.

　끊어진 전화를 내려놓은 로빈 레이얼은 자신의 가운의 앞섶이 약간 벌어져 있다는 것을 알아차렸다.

　이탈리아에서 수입된 명품 레그마라는 브랜드의 가운이었다.

　명품을 좋아하는 정부 헬렌 루이스가 자신을 위해 사다놓은 가운이었다.

　전화기를 내려놓은 로빈 레이얼이 손으로 가슴이 드러나는 가운의 앞섶을 가리다가 머리를 흔들었다.

　59층이나 되는 아파트의 거실이었기에 외부에서 이곳을 들여다볼 수는 없었다.

　아파트의 앞쪽은 맨해튼의 공원이라 비행기를 타고 공중

을 날지 않는 한 아파트의 안을 들여다보지는 못한다.

몇 블럭 떨어진 미드타운 쪽에는 높은 고층건물이 보였지만 지금 이 시간 한가하게 남의 아파트 내부를 들여다볼 변태는 없을 것이다.

머리를 돌린 로빈 레이얼이 힐끗 침실 쪽을 바라보았다.

아직 정부 헬렌 루이스는 침대에서 일어나지도 않고 깊은 잠에 빠져 있는 중이었다.

창문을 바라보던 로빈 레이얼이 주방 쪽으로 향했다.

알몸에 가운 하나 걸쳤을 뿐이지만 나이답지 않게 건장한 몸을 유지하고 있었다.

지나칠 정도의 결벽증을 자랑하는 그였지만 지금과 같은 시간은 그런 결벽증도 잠시 그의 머릿속에서 사라진다.

주방으로 들어선 로빈 레이얼이 포트 위에 있는 투명한 커피주전자를 들어올렸다.

식탁에 내려놓은 잔에 커피를 따르자 이내 향긋하고 구수한 커피향이 거실에 가득 번져나갔다.

쪼르르르르르.

잔에 커피를 채운 그가 잔을 들고 창가 쪽으로 다시 움직였다.

오전 9시가 넘어가는 맨해튼은 간밤의 휴식을 접고 일상으로 돌아온 샐러리맨들과 뉴요커들이 바쁘게 움직이는 시간이었다.

형인 토마스 레이얼 회장으로부터 레이얼 시스템의 부회장에서 해임된 이후 그는 다른 사람들과는 다른 한가한 일상을 보내고 있었다.

후르륵—

찻잔을 입으로 가져가 한 모금 마신 후 창가에서 센트럴파크의 전경을 내려다보던 그가 혼잣말로 중얼거렸다.

"이건 형이 자초한 거야. 그러니 날 원망할 필요는 없어."

그의 입을 통해서 메마른 느낌이 드는 건조한 목소리가 흘러나왔다.

다시 커피를 마시려고 잔을 입으로 가져가는 로빈 레이얼의 귀에 거실의 테이블 위에 올려놓은 전화기가 울리는 소리가 들렸다.

띠리리리리리—

로빈 레이얼이 흠칫하며 머리를 돌렸다.

1분 전에 중국의 화양그룹의 천평화 회장과의 통화가 끝난 상황이었기에 벌써 결정이 내려졌을 리가 없다고 생각했다.

어쩌면 구와정밀에서 중국의 화양그룹보다 먼저 로빈 레이얼의 조건을 받아들인다는 결정을 내렸는지 모른다는 생각이 들었다.

창가의 테이블에 커피잔을 내려놓은 그가 거실 한가운데 테이블로 빠르게 걸음을 옮겼다.

테이블에 놓인 그의 전화기 액정에 익숙한 글자가 떠올

라 있었다.

[QUEENS—]

액정 화면에 떠오른 글자를 본 순간 로빈 레이얼의 이마에 주름살이 생겨났다.
"빌어먹을……."
잠시 자신의 전화기를 내려다보던 로빈 레이얼의 눈에 망설이는 표정이 떠올랐다.
그의 머릿속에 한 명의 여인이 떠올랐다.
붉은색이 도는 긴 머리칼에 화를 내고 있는 여자였다.
바로 그의 아내인 린다 레이얼의 전화였다.
퀸즈라는 단어는 아내 린다 레이얼의 이름을 저장하기 싫어서 아내와 함께 살았던 퀸즈의 지명을 적어놓은 것이다.
띠리리리리릿—
테이블 위의 전화기는 계속 울려대고 있었다.
전화를 받지 않는다면 침실에서 자고 있는 헬렌 루이스가 잠에서 깨어 거실로 나올지도 모르는 일이었다.
정부인 헬렌 루이스는 로빈 레이얼이 이혼을 하지 않은 지금의 상황을 병적으로 싫어했다.
그 때문에 로빈 레이얼의 본처인 린다 레이얼이 전화를 걸어올 경우 늘 로빈 레이얼과 이혼문제로 다툼이 발생했다.

그리고 그것은 로빈 레이얼이 참으로 부담스럽게 생각하는 상황 중의 하나였다.

 잠시 침실 쪽으로 시선을 돌렸던 로빈 레이얼이 어쩔 수 없다고 생각한 듯 전화기를 집어 들었다.

 딸칵—

 "여보세요?"

 —나예요.

 전화기 속에서 들려오는 아내 린다 레이얼의 목소리는 여전히 날이 서 있었다.

 하긴 만나기만 하면 마치 앙숙처럼 두 사람은 싸웠다.

 이혼을 요구하는 아내와 이혼을 미루는 로빈 레이얼의 관계였다.

 정부와 살고 있는 로빈 레이얼이 먼저 이혼을 요구해야 하는 상황이지만 정작 내막은 아내 린다 레이얼이 이혼을 요구하고 있었다.

 이 상황은 정부인 헬렌 루이스도 모르고 있는 내용이었다.

 "왜?"

 —나한테 들를 것이라고 약속했던 듀크가 어제 안 들어왔어요. 같이 있는 거예요? 그 멍청한 금발계집이랑 말이에요.

 이미 린다 레이얼은 남편 로빈 레이얼이 헬렌 루이스와 함께 산다는 것을 알고 있었다.

로빈 레이얼이 입맛을 다시며 입을 열었다.

"듀크가 어린앤가? 그놈이 어디에서 자든 걱정할 필요는 없어."

─누가 그 씨가 아니랄까봐 아들까지 밖으로 나도네요.

"말을 함부로 하는 건 여전하군?"

로빈 레이얼이 손으로 다시 양 관자놀이를 눌렀다.

잠시 잊었던 두통이 다시 시작되는 느낌이 들었기 때문이다.

린다 레이얼의 목소리가 다시 들렸다.

─그나저나 언제 결정할 거예요?

아내의 말에 로빈 레이얼이 두통을 참으려는 것인지 이를 악물었다.

"조만간 결정이 날 거야. 그때는 당신이 요구하는 대로 모두 들어주지."

아내 린다 레이얼이 요구하는 이혼조건은 위자료 50억불과 매월 생활비 1,000만불을 20년 동안 지급하는 조건이었다.

그런 엄청난 돈은 로빈 레이얼도 가지고 있지 않았기에 이혼을 미루고 있었던 상황이었다.

그런 조건을 억지로 들어준다면 자신은 파산상태로 아마 노숙자를 면치 못하게 될 것이다.

외도의 대가치고는 너무나 크지만 린다 레이얼은 남편의

배신에 대해서는 털끝만큼도 양보할 생각이 없었다.

반드시 자신의 눈앞에서 남편 로빈 레이얼이 거지꼴이 되는 모습을 지켜볼 생각이었다.

아내 린다 레이얼의 차가운 목소리가 들렸다.

—내가 말한 조건에서 달라진 것은 하나도 없다는 것을 명심해요. 이번에도 약속을 어기면 아마 법정에서 우린 만나게 될 거예요.

아내의 말에 로빈 레이얼이 가늘게 한숨을 불어냈다.

"알고 있어."

아내가 말한 법정은 로빈 레이얼이 제일 싫어하는 장면이었다.

레이얼 가문의 차남인 자신이 이혼한다는 것은 가십거리를 좇는 뉴욕의 쓰레기같은 언론들이 제일 좋아할 내용일 것이다.

또한 이혼의 귀책사유가 전부 자신에게 있는 만큼 법정으로부터 자신의 전 재산을 이혼위자료로 지급하게 될 것이라는 아내 변호사의 말도 들었던 참이었다.

다시 머리가 지끈거려 왔기에 로빈 레이얼이 소파에 털썩 주저앉았다.

그런 그의 귀로 아내의 목소리가 다시 들렸다.

—듀크를 만나면 이제 나한테도 올 필요가 없다고 해요. 그놈도 당신 편이니 아예 당신이 데리고 살든지.

일방적으로 말을 마친 린다 레이얼이 전화를 끊었다.

잠시 멍한 얼굴로 전화기를 내려다보던 로빈 레이얼이 이를 갈았다.

"제길. 형보다 먼저 이 여자를 처리하는 것이 더 편할 것 같군."

마치 자신의 살점을 파먹는 아귀와 같은 느낌이 드는 여자가 바로 아내였다.

이내 한숨을 쉰 그가 전화기를 테이블 위에 내려놓았다.

중국이나 일본에서 전화가 걸려올 것이기에 전화기를 꺼놓을 수도 없었다.

그때였다.

딩동—

아파트의 현관에서 벨소리가 울렸다.

순간 로빈 레이얼의 머리가 번쩍 들렸다.

이 시간에 아파트를 찾아올 사람이라면 오직 한 명, 자신의 아들인 듀크 레이얼뿐이었다.

"망할 자식."

아내가 있는 퀸즈의 저택을 방문하겠다고 약속을 한 듀크 레이얼이 약속을 깨버린 바람에 아내가 화가 난 것이라고 생각한 로빈 레이얼이었다.

벌떡 일어선 그가 아파트의 현관보안장치가 있는 거실의 벽으로 걸음을 옮겼다.

아파트의 보안장치는 창문의 커튼을 비롯해서 공기순환 장치, 조명, 가스안전설비, MV장비조정까지 집결되어 있는 최첨단의 장치였다.

맨해튼에서도 최고가의 아파트라고 자랑하는 트럼프타워였기에 보안장치도 최상급이었다.

거실의 벽면에 붙어 있는 모니터를 확인하는 로빈 레이얼의 얼굴이 굳어졌다.

"이, 이건……."

그의 눈에 들어온 것은 자신을 레이얼 시스템의 부회장에서 해임시킨 형 토마스 레이얼 회장이었다.

토마스 레이얼 회장의 곁에는 그의 심복과도 같은 데니얼 엘트먼 이사까지 동행하고 있었다.

현관모니터에 비친 형 토마스 레이얼 회장의 얼굴은 돌처럼 굳어 있었다.

또한 왠지 슬프게 보이는 느낌도 들었다.

로빈 레이얼의 두 눈이 치켜떠졌다.

"왜 찾아온 거지?"

자신이 이곳에 살고 있는 것을 알고 있는 형이었지만 단 한 번도 자신을 찾아온 적이 없었다.

형 토마스 레이얼에게 소중한 것은 그의 아내인 형수와 조카 에이미가 전부였다.

그랬기에 비록 형제이지만 절대로 동생의 사생활에 대해

서 말을 꺼낸 적이 없었던 토마스 레이얼이었다.

잠시 토마스 레이얼의 얼굴을 모니터를 통해 바라보던 로빈 레이얼이 억눌린 얼굴로 모니터의 버튼을 눌렀다.

삐익—

"왜 온 거야? 또 무슨 말을 하려고?"

그의 말이 끝나자 약간 쉰 듯한 토마스 레이얼 회장의 목소리가 들렸다.

—문을 열어라. 얼굴을 보고 이야기하자.

토마스 레이얼의 목소리에는 피곤해 하는 느낌이 담겨 있었다. 로빈 레이얼이 이를 악물었다.

"날 동생으로 생각하지 않는다고 했던 사람이 당신이잖아. 근데 만나서 뭘 하려고?"

—그래서 사람을 시켜 날 죽이려 한 것이냐?

모니터의 스피커를 통해 너무나 낮게 가라앉은 토마스 레이얼 회장의 목소리가 들렸다.

순간 로빈 레이얼의 얼굴이 굳어졌다.

"뭐, 뭐라고?"

자신이 사람을 시켜 살해하려 한다는 것을 이미 알고 있다는 것에 기겁했다.

로빈 레이얼이 하얗게 질린 얼굴로 더듬거렸다.

"무, 무슨 소리를 하는 거야?"

—난 이미 다 알고 있어. 너와 듀크가 꾸미는 일을 말이

다. 일단 얼굴을 보면서 이야기하는 것이 어떠냐? 날 만나기 싫다면 이대로 돌아가겠지만 아마 그렇게 되면 넌 영원히 네가 원하는 것을 손에 쥘 수 없을 것이다.

말을 하는 토마스 레이얼의 두 눈이 벽에 붙여놓은 모니터를 정면으로 바라보고 있었다.

로빈 레이얼의 얼굴이 딱딱하게 굳었다.

그의 두 눈이 쉴 새 없이 흔들렸다.

하지만 이내 이를 악물고 모니터 아래에 달려 있는 현관의 잠금 버튼을 눌렀다.

지잉—

딸칵—

현관의 잠금장치가 풀리는 소리가 경쾌하게 울렸다.

잠시 후 깔끔한 검은색의 양복차림의 토마스 레이얼 회장과 회색의 정장이 어울리는 데니얼 엘트먼 이사가 아파트 안으로 들어섰다.

오랜만에 정장을 입은 모습의 토마스 레이얼은 언제 혈액암 투병을 했을지 모를 정도로 단정한 모습이었다.

다른 사람의 눈으로 보았다면 로빈 레이얼과 토마스 레이얼의 관계가 마치 부자의 관계처럼 보일 정도로 토마스 레이얼은 젊어보였다.

토마스 레이얼과 함께 아파트로 들어선 데니얼 엘트먼이 아무 말도 없이 로빈 레이얼을 향해 가볍게 이마를 숙였다.

하긴 그로서는 통째로 레이얼 시스템을 삼키려 했던 로빈 레이얼에게 어떤 말도 하고 싶지 않을 것이다.

로빈 레이얼이 힐끗 데니얼 엘트먼을 바라보다 형 토마스 레이얼을 향해 시선을 돌렸다.

토마스 레이얼이 가운 차림에 경직된 모습으로 서 있는 로빈 레이얼의 앞으로 다가섰다.

"생각보다는 멀쩡한 모습이구나?"

형의 말에 로빈 레이얼이 낮은 목소리로 대답했다.

"당신한테 해임되었다고 내가 실의에 빠져 있을 것이라고 생각했다면 실망했겠군?"

"당신이라… 하긴 어렸을 때도 넌 나한테 이름 대신 늘 이런 식으로 불렀지. 나쁘진 않아."

"……."

로빈 레이얼이 눈을 깜박이며 토마스 레이얼을 바라보았다.

토마스 레이얼이 입을 열었다.

"형에게 앉을 자리도 권하지 않을 셈이냐?"

로빈 레이얼이 힐끗 거실의 소파를 바라보았다.

"좋아. 여기까지 날 찾아왔다면 이유가 있을 테니 들어보긴 하지. 터무니없이 내가 당신을 죽이려 했다는 이야기 따위는 별로 듣고 싶은 생각은 없지만 말이야."

말을 마친 로빈 레이얼이 소파로 향해 걸음을 옮겼다.

그의 뒤를 따라 토마스 레이얼 회장과 데니얼 엘트먼 이사가 걸음을 옮겼다.

이내 세 사람이 거실에서 마주앉았다.

로빈 레이얼은 소파에 앉자마자 갈증을 느꼈는지 아까 마시다 놓아둔 커피를 놓아둔 창 쪽으로 힐끗 시선을 옮겼다.

소파에 앉은 토마스 레이얼이 동생인 로빈 레이얼이 살고 있는 아파트 내부를 눈으로 훑어보았다.

"생각보다는 살기엔 나쁘지 않은 곳 같구나. 나로서는 좀 불편할 곳 같긴 하지만 말이다."

로빈 레이얼이 정색을 하고 입을 열었다.

"싱거운 소리는 듣고 싶지 않으니까 하고 싶은 말만 해. 날 찾아온 이유가 뭐야?"

말을 하면서도 로빈 레이얼은 자신을 바라보고 있는 토마스 레이얼의 시선을 살짝 피하고 있었다.

조금 전에 레이얼 시스템을 차지하기 위해 형을 죽여 달라는 조건을 내걸었던 통화가 꺼림칙하게 느껴져서였다.

자신의 시선을 피하는 동생의 얼굴을 잠시 말없이 바라보던 토마스 레이얼이 입을 열었다.

"어젯밤 저택에 근 10명쯤 되는 무기를 가진 사람들이 몰래 숨어들어 왔었다. 목표는 나와 아내 그리고 에이미를 제거하는 것이었다고 하더군."

"뭐?"

로빈 레이얼의 눈이 화등잔만큼 커졌다.

토마스 레이얼 회장의 눈이 자신을 보며 놀라는 로빈 레이얼을 바라보았다.

"모르고 있었더냐?"

"그게 왜……."

로빈 레이얼은 머릿속이 하얗게 비워지는 느낌이 들었다.

어젯밤의 일은 자신은 생각지도 못한 일이었다.

순간 그의 머릿속에 이 아파트에서 아들 듀크 레이얼이 했던 말이 떠올랐다.

'할렘가에 아는 사람이 있으니 그들에게 부탁하면 의외로 쉽게 일이 끝날지도 모르겠습니다.'

자신이 일본과 중국의 거래업체를 통해 형 토마스 레이얼 회장을 제거하려고 했던 것과는 달리 아들 듀크 레이얼은 손쉽게 할렘가의 갱들을 이용할 생각이었다고 짐작했다.

그의 짐작을 읽기라도 한 것처럼 토마스 레이얼이 입을 열었다.

"나를 죽이려 찾아온 사람들의 말로는 조카 듀크가 사주를 했다고 하더군. 로빈 네가 레이얼 시스템의 회장 직에 오르기 위해서 날 반드시 제거해야 했다고 말이다. 나뿐만 아니라 내 아내 안젤리나와 내 딸 에이미까지 전부 죽이도록 부탁했다고 하더구나."

"무슨 말도 안 되는 소릴 하는 거야?"

로빈 레이얼이 하얗게 질린 얼굴로 토마스 레이얼을 바라보았다.

토마스 레이얼의 눈이 질끈 감겼다.

잠시 눈을 감았던 토마스 레이얼이 이내 눈을 뜨고 다시 동생인 로빈 레이얼을 바라보았다.

"다행히 집에 머물고 계시던 닥터김과 닥터한 부부의 도움을 받아 침입자들을 모두 잡아 그들을 통해 내막을 알 수가 있었다."

"어, 어떻게……."

로빈 레이얼의 손이 가늘게 떨리고 있었다.

아들인 듀크 레이얼이 자신보다 먼저 움직일 것이라곤 미처 생각하지 못했던 로빈 레이얼이었다.

토마스 레이얼이 잠시 동생의 얼굴을 슬픈 눈으로 바라보았다.

"이 형이 가진 돈을 차지하기 위해서 나를 죽이고 싶었던 것이냐?"

"무슨 소릴 하는 거야? 그리고 듀크가 그럴 리가 없어. 당신이 오해한 거야. 어쩌면 잘 짜인 누군가의 음모일 수도 있단 말이야."

로빈 레이얼이 머리를 흔들었다.

토마스 레이얼이 그런 로빈 레이얼을 물끄러미 바라보았다.

잠시 동생의 얼굴을 슬픈 눈으로 바라보던 토마스 레이얼이 입을 열었다.

"듀크의 사주를 받은 자들이 누군지 알고 있니?"

"그걸 내가 어떻게 알아?"

"킹덤이라는 곳이었다. 너도 뉴욕에 살고 있으니 킹덤이 어떤 자들이 모여 있는 곳인지 알겠지?"

"킹덤."

형의 말에 로빈 레이얼이 입을 벌렸다.

뉴욕에 살고 있는 사람 중 할렘가에서 최고의 악명을 떨치고 있는 뉴욕의 밤을 지배하는 조직인 킹덤을 모르는 사람은 없을 것이다.

당연히 로빈 레이얼도 킹덤이라는 갱조직에 대해선 귀에 딱지가 앉을 정도로 들었던 참이었다.

그런 조직을 아들인 듀크 레이얼이 움직이게 만들었다는 것이 믿어지지 않았다.

그로서는 아들인 듀크 레이얼이 은행원 시절부터 킹덤의 보스 마이클 할버레인의 회계를 조작해 주던 인연으로 엮여 있었다는 사실은 꿈에도 생각하지 못했다.

말 그대로 거리에서 사람을 쏴 죽일 정도로 대담한 갱조직이 바로 킹덤이다.

토마스 레이얼이 우울한 목소리로 입을 열었다.

　"듀크의 사주를 받은 킹덤에서 듀크에게 대가로 요구한 것이 뭔지 아느냐?"

　"그, 그게 뭔데?"

　로빈 레이얼의 얼굴은 이제 백지장처럼 창백하게 변해 있었고 반백의 머리칼은 심하게 헝클어진 모습이었다.

　평소의 로빈 레이얼과는 전혀 겹쳐지지 않는 이미지였다.

　토마스 레이얼이 입을 열었다.

　"킹덤에서 듀크에게 청부의 대가로 요구한 것은 돈이었다. 그것도 500억불이라는 큰돈이었지."

　"뭐라고?"

　계속되는 형의 말에 로빈 레이얼은 심장이 떨어지는 느낌이 들었다.

　누군가를 살해하고 그 대가로 500억불을 받는다면 그것은 이 세상에서 가장 큰 살인청부 대금일 것이었다.

　그리고 듀크 레이얼은 절대로 그런 돈을 지불할 능력이 없었다.

　"말도 안 돼."

　로빈 레이얼이 멍한 얼굴로 중얼거렸다.

　토마스 레이얼이 머리를 끄덕였다.

　"물론 말이 안 되지. 누군가를 살해하는 조건으로 그런 대가를 요구하는 것은 들어본 적이 없으니까. 아랍의 무장

단체를 통해 테러를 사주한다고 해도 그런 거액은 요구하지 않을 거야.”

“…….”

로빈 레이얼은 머릿속이 하얗게 비워지는 느낌이었기에 아무 말도 할 수가 없었다.

토마스 레이얼이 다시 입을 열었다.

“너도 알다시피 듀크는 그런 돈을 지불할 능력이나 힘도 가지고 있지 않다. 하지만 킹덤의 보스라는 자가 너와 듀크가 나를 제거해야 하는 이유가 레이얼 시스템 때문이라는 것을 알고 그런 요구를 하게 된 거다. 명색이 킹덤이라는 조직의 보스니까 그 역시 레이얼 시스템의 가치를 계산해 본 것이겠지. 그리고 자신의 요구가 충분히 통할 만하다고 판단했을 것이고…….”

“…….”

로빈 레이얼이 눈을 껌벅이며 테이블을 내려다보았다.

초점을 잃은 그의 시선이 흔들리고 있었다.

이제는 그의 입에서 탄성조차 흘러나오지 않았다.

토마스 레이얼의 입이 다시 열렸다.

“듀크는 나와 내 가족을 죽여 달라고 청부한 킹덤의 보스가 요구하는 대가를 지불할 수 없다고 말했다고 하더군. 나와 내 가족이 사라지면 레이얼 시스템의 차기회장에 선임될 로빈 네가 절대로 그런 엄청난 대가를 지불하지 않을 것이라고 하면서 말이다."

"믿지 않아. 그럴 리가 없어."

로빈 레이얼이 머리를 흔들었다.

토마스 레이얼 회장이 잔잔한 시선으로 동생 로빈 레이얼을 바라보았다.

"결국 듀크는 청부의 대가로 그 돈을 킹덤에 지급하지 못하면 자신이 당할 상황에 빠지게 되었다고 하더군. 그래서 듀크가 선택한 것이 뭔지 짐작할 수 있겠니?"

형 토마스 레이얼의 말에 로빈 레이얼이 머리를 들어 형의 얼굴을 바라보았다.

토마스 레이얼이 입을 열었다.

"로빈 네가 레이얼 시스템의 차기 회장자리에 앉는 것 대신 듀크 스스로가 레이얼 시스템의 회장이 되려고 했다."

"뭐…라고?"

"킹덤에서 나와 내 가족을 처리한 후에 그다음의 표적은 너였다는 말이다. 그래야만 듀크가 살아남을 수 있을 테니까 그런 선택을 하게 된 거지."

"끙."

로빈 레이얼은 자신의 머리가 터질 것 같은 두통을 느끼고 있었다.

그의 얼굴에서 땀방울이 솟아올랐다.

토마스 레이얼의 눈에 슬픈 표정이 떠올랐다.

"이 모든 게 돈 때문이다. 그렇지 않느냐? 네가 이 형을 그렇게 미워하게 된 것도 그렇고 조카 듀크가 인간성까지 망가진 망나니가 된 것도 다 돈 때문에 그렇게 된 것이다."

"……."

"그래서 헤롤드에게 부탁해 놓았다. 너와 듀크 모두가 편안해지기를 바라며 말이다."

토마스 레이얼 회장이 말하는 헤롤드는 토마스 레이얼 회장의 전속변호사 댄 헤롤드를 뜻한다.

뉴욕의 대형 로펌인 댄 앤 칼로스의 공동경영주로서 토마스 레이얼 회장의 전속변호사가 된 지 벌써 20년이 넘은 사람이었다.

로빈 레이얼이 토마스 레이얼을 바라보았다.

형의 말이 언뜻 이해가 되지 않았기 때문이다.

토마스 레이얼이 입을 열었다.

"예전에 레이얼 시스템을 창업하며 너와 만들어 놓았던 모든 계약을 무효로 한다는 유언을 자필과 내 목소리로 남겨 공증을 받게 했다. 또한 내가 회장 직에서 물러날 경우 레이얼 시스템의 경영권은 레이얼 시스템의 이사회에서 추대되는 전문경영인에게 위임한다는 유언도 작성했지. 레이얼 가의 정통후예라고 해도 절대로 레이얼 시스템의 경영권에 끼어들지 못한다는 조항까지 넣었으니 이제 그 누구도 레이얼 시스템의 경영권을 탐낼 수는 없을 거야."

차분한 토마스 레이얼의 말에 로빈 레이얼의 몸이 덜덜 떨리기 시작했다.

만약 형의 말이 사실이라면 형이 죽는다고 해도 자신의 손에 레이얼 시스템이 들어오지 않는 것을 의미했다.

토마스 레이얼이 몸을 떨고 있는 로빈 레이얼을 보며 입을 열었다.

"가진 것이 늘어나면 탐욕도 더 깊어진다. 이제 이 형은 그저 내 가족들과 오붓하게 살아갈 수 있는 정도면 만족하기로 했다. 너도 욕심을 버리거라. 그리고⋯⋯."

토마스 레이얼이 물끄러미 동생인 로빈 레이얼을 바라보았다.

"듀크를 너무 미워하진 말거라. 그 아이로서는 자신을 끌어들이는 수렁인지 모르고 발을 넣은 것뿐일 테니까 말이다. 달리 선택할 다른 방도가 없었다는 의미다."

말을 마친 토마스 레이얼이 몸을 떨고 있는 로빈 레이얼의 어깨를 가볍게 두들겼다.

툭툭—

동생의 어깨를 두드리는 토마스 레이얼이 가라앉은 목소리로 입을 열었다.

"회사의 회계팀에서 조사한 바로는 네가 나 대신 회장 직을 수행하고 있을 때 임의로 사용한 자금이 약 14억불 정도 되더구나. 대부분 주식과 펀드 등에 분산하고 있던 것으로

74

보이는데 그 자금은 회수하지 않을 테니 네가 회사를 물러난 퇴직금으로 인정하기로 했다. 그 정도면 살아가기에 크게 부족하지 않을 것이니 그 정도로 만족하거라 로빈."

"……."

로빈 레이얼의 손이 학질에 걸린 것처럼 떨리고 있었다.

한순간에 그의 머릿속에 들어 있던 신기루가 마치 모래성처럼 허물어지는 느낌이 들었다.

그것은 상실감이었다.

자신이 레이얼 시스템을 차지하고 그것을 매각한 대금으로 꿈꾸던 세상이 이제는 너무나 볼품없는 환상 속의 모래성이 되어 허물어지고 있는 것에 대한 상실감이었다.

토마스 레이얼이 몸을 떨고 있는 동생 로빈 레이얼을 슬픈 시선으로 바라보았다.

어렸을 때부터 욕심이 많았던 동생이었다.

자신이 가져야 하는 것에 대한 소유욕은 자신을 질리게 만들 정도로 집착이 심했다.

그런 동생이 자신의 눈앞에서 무너지는 것이 참으로 슬프게 보여서 참담함을 금할 수가 없었다.

로빈 레이얼이 이를 악물고 물었다.

"듀, 듀크는 지금 어디에 있지?"

로빈 레이얼은 자신의 입으로 아들 듀크 레이얼이 형과 자신까지 죽이려 한 것인지 물어보고 싶었다.

자신의 피를 이어받은 친아들이 아버지를 죽이려 했다는 것이 믿어지지 않았기 때문이다.

　토마스 레이얼 회장이 잠시 동생 로빈 레이얼을 바라보다가 입을 열었다.

　"나와 내 가족을 죽이기 위해 침입한 자들의 말로는 킹덤의 본거지에 머물고 있다고 하더구나. 그곳에서 나와 네가 죽었다는 소식을 기다리고 있었던 것이겠지."

　"⋯⋯."

　머리를 숙인 로빈 레이얼의 눈에 물기가 차오르고 있었다.

　아들이 갱조직을 이용해서 자신까지 죽이려 했다는 사실이 너무나 슬프고 암담했다.

　하지만 이곳까지 찾아온 형이 거짓말을 할 이유는 없다는 것을 너무나 잘 알고 있었다.

　혈연의 끈이 이렇게 끊어지고 있다는 믿어지지 않고 믿을 수 없는 사실이 그를 절망 속으로 밀어 넣고 있었다.

　토마스 레이얼이 자리에서 일어섰다.

　"이곳까지 굳이 찾아와서 내가 너에게 이런 말을 하는 이유는 듀크가 선택했던 그 패륜의 이유가 네가 그토록 원했던 고작 돈 때문이었다는 것이 너무나 슬펐기 때문이었다. 너 역시 이 형과 형수 그리고 네 조카인 에이미까지 해치려 한 이유가 고작 돈 때문이었다는 것을 깨닫게 해주고 싶었어. 그리고 그런 결정을 내린 순간부터 너와 나는 더

이상 같은 피를 나눈 형제로 살아갈 수 없다는 것도 알게 해주고 싶었다."

주르르륵—

로빈 레이얼의 눈에서 결국 눈물이 흘러내리기 시작했다.

강팍해 보이는 마른 얼굴 위로 흘러내리는 눈물은 이기적이고 독선적으로 살아온 차가운 피를 가진 남자가 쏟아내는 후회의 눈물처럼 보였다.

그런 로빈 레이얼의 심장에 토마스 레이얼의 마지막 말이 비수처럼 박혀들었다.

"아마 두 번 다시 너는 나와 형수 그리고 에이미를 보지 못할 것이다. 너와의 모든 인연을 여기서 끊는다는 말이다. 그리고 그런 결정을 하게 된 이유는 오직 너 때문이라는 것을 알아두거라. 난 너를 해치고 싶지 않아. 그래서 인연을 끊으려는 것이다. 인연이 사라진다면 원망을 해야 할 이유나 적의를 가져야 할 이유도 사라질 테니까."

"……"

"부디 잘 살거라."

토마스 레이얼 회장의 입에서 마지막으로 인연의 고리를 끊어내는 말이 흘러나왔다.

그리고 그것은 로빈 레이얼에게 위태하게 남아 있던 레이얼가문과 이어진 혈연이 끝나고 있음을 통고하고 있었다.

토마스 레이얼이 자리에서 일어섰다.

동생인 로빈 레이얼의 사악한 욕심에 대한 대가를 응징하는 자리였지만 같은 피를 나눠가진 형제의 인연을 끊어내는 토마스 레이얼의 마음은 무척이나 슬펐다.

"돌아가세. 데니얼."

토마스 레이얼 회장이 침중한 얼굴로 굳은 표정으로 앉아 있던 이제는 레이얼 시스템의 회장대행이라는 직책을 맡은 데니얼 엘트먼 이사를 바라보며 입을 열었다.

데니얼 엘트먼이 몸을 일으켰다.

"예. 회장님."

데니얼 엘트먼의 얼굴은 돌처럼 굳어 있었다.

평소의 토마스 레이얼 회장의 성품을 잘 알고 있는 데니얼 엘트먼 이사로서는 회장이 이런 결정을 내려야 했던 심정이 어떠한 상황인지 너무나 잘 알았다.

하지만 지금 내려진 결정이 다시 번복되는 일은 일어나지 않는다는 것도 참으로 잘 알고 있었다.

두 사람이 일어서서 아파트를 떠나려 했지만 로빈 레이얼은 자리에서 일어나지도 않았다.

단지 머리를 숙이며 몸을 가늘게 떨고 있을 뿐이었다.

그때였다.

"로빈, 아침부터 누가 찾아온 거예요?"

침실에서 핑크빛의 실크가운을 걸친 늘씬한 금발미녀가 눈을 부비며 거실로 나왔다.

바로 로빈 레이얼의 정부인 헬렌 루이스였다.

헬렌 루이스는 가운의 앞섶이 반쯤 열려 있었기에 너무나 농염한 모습으로 보였다.

그녀가 거실에서 막 몸을 일으키는 깔끔한 양복차림의 사내 두 명을 보며 눈을 동그랗게 떴다.

"누구?"

그녀로서는 로빈 레이얼의 형인 토마스 레이얼 회장의 실물은 처음으로 보는 순간이었다.

더구나 지금의 토마스 레이얼은 그녀의 정부인 로빈 레이얼의 아들인 듀크 레이얼보다 더 젊고 잘생긴 청년의 모습으로 보였다.

그녀의 시선이 재빨리 토마스 레이얼 회장과 데니얼 엘트먼 이사를 훑어보다가 거실의 소파에 두 손으로 머리를 움켜쥐고 얼굴을 숙이고 있는 로빈 레이얼에게 향했다.

"로빈, 이분들은 누구예요?"

자신이 잠든 사이에 누군가 손님으로 찾아왔을 것이라곤 생각지도 못한 헬렌 루이스였다.

데니얼 엘트먼이 굳은 얼굴로 헬렌 루이스를 보며 입을 열었다.

"이분은……."

말을 하려던 데니얼 엘트먼이 힐끗 토마스 레이얼 회장의 얼굴을 살피다가 입을 열었다.

"이분은 로빈 부회장님의 형님이신 토마스 레이얼 회장님이십니다."

순간 헬렌 루이스의 얼굴이 굳어졌다.

"로빈의 형님이시라고요?"

"그렇습니다. 난 레이얼 시스템의 데니얼 엘트먼 이사라고 합니다."

"말도 안 돼."

헬렌 루이스의 얼굴이 딱딱하게 굳었다.

그녀에게 로빈 레이얼의 형 토마스 레이얼 회장은 로빈 레이얼보다 더 나이가 많고 혈액암으로 죽어가는 노인의 모습으로 각인되어 있었기 때문이다.

간혹 정부인 로빈 레이얼이 레이얼 시스템의 부회장의 신분으로 회사에서 발간되는 사보를 아파트로 가지고 왔을 때 궁금해서 살펴본 적이 있었다.

그 당시 토마스 레이얼 회장은 자신과 살고 있는 로빈 레이얼보다 훨씬 늙어 보이는 백발의 노인이었기에 더더욱 지금의 상황을 믿을 수가 없었다.

더구나 그때에도 병색이 완연하게 느껴지는 얼굴이었기에 더더욱 로빈 레이얼보다 늙어 보이던 얼굴이었다.

그런데 지금 눈앞에 서 있는 토마스 레이얼은 듀크 레이얼보다 더 젊고 헌앙한 청년의 모습으로 비치고 있었으니 데니얼 엘트먼 이사의 말에 어이가 없었다.

그녀는 데니얼 엘트먼 이사의 말을 절대로 믿을 수가 없었다.

헬렌 루이스는 아침부터 머리가 이상한 주정뱅이들이 찾아온 것이라고 생각이 들었다.

다만 로빈 레이얼이 아무 말도 하지 않는다는 것이 이상하게 생각될 뿐이었다.

하지만 간혹 로빈 레이얼과 만나는 사람들 중에서 자신은 이해되지 않는 부류의 사람들도 있다는 것이 마음에 걸렸다.

"로, 로빈. 이분들이 지금 무슨 말씀을 하고 있는 거예요?"

헬렌 루이스가 큰 눈을 깜박이며 토마스 레이얼의 얼굴을 다시 한번 살펴보았다.

헬렌 루이스와 시선이 마주친 토마스 레이얼 회장의 얼굴에 난감해 하는 표정이 떠올랐다.

그도 그럴 것이 현재의 헬렌 루이스의 옷차림은 참으로 민망해서 어디에 시선을 두어야 할지 모를 정도였기 때문이다.

"허험."

토마스 레이얼 회장이 작게 헛기침을 하며 머리를 돌렸다.

데니얼 엘트먼 이사가 민망해 하는 토마스 레이얼 회장을 보다가 약간 붉어진 얼굴로 입을 열었다.

"저기 부인, 옷차림을 좀 가다듬어 주시면……."

"어머나, 세상에."

헬렌 루이스는 그제야 자신의 차림새가 상당히 민망하다는 것을 깨닫고 재빨리 앞섶을 가렸다.

동시에 자신이 잠들었던 침실로 마치 도망치듯 뛰어 들어갔다.

일순 아파트의 거실에 묘한 침묵이 흘렀다.

침실로 돌아간 헬렌 루이스의 몸에서 흘러나오던 향수의 진한 향기가 거실에 남아 조금 전의 민망한 상황이 실제 상황이었다는 것을 증명하고 있었다.

토마스 레이얼 회장은 동생 로빈 레이얼이 자신이 알고 있는 제수씨와 함께 살고 있는 것이 아니라 다른 여인과 살고 있다는 것에 약간 놀란 얼굴이었다.

하지만 그것을 굳이 간섭할 생각은 없었다.

이제 동생 로빈 레이얼과 얽혀 있는 모든 연분을 끊어내어야 하기에 상관할 필요도 없었다.

잠시 로빈 레이얼의 모습을 바라보던 토마스 레이얼이 몸을 돌렸다.

그때였다.

삐비비비빅—

아파트의 현관에서 잠겨 있는 도어의 락버튼을 해제하는 소리가 들려왔다.

토마스 레이얼 회장과 데니얼 엘트먼의 시선이 현관 쪽

으로 향했다. 소파에 앉아 있던 로빈 레이얼은 머리조차 들지 않았다. 이제는 아파트에 누가 찾아왔는지 조차 궁금하지 않았기 때문이다.

딸칵.

락버튼이 해제됨과 동시에 아파트의 문이 열렸다.

그때 침실로 들어갔던 헬렌 루이스가 침실 밖으로 머리를 내밀었다. 옷을 갈아입고 있었던 것인지 헬렌 루이스의 옷차림은 조금 전의 가운차림이 아닌 약간 헐렁해 보이는 티셔츠가 입혀져 있었다.

아직 하반신은 침실 안쪽에 있었기에 그녀의 옷차림이 어떤지 완전히 알 수는 없는 상황이었다.

"누구지?"

헬렌 루이스가 큰 눈을 껌벅이며 현관을 바라보았다.

그녀가 알고 있는 한 이 아파트의 현관출입을 마음대로 할 수 있는 사람은 오직 자신과 로빈 레이얼 그리고 로빈 레이얼의 아들인 듀크 레이얼뿐이었다.

다른 사람은 아파트에 들어오려면 반드시 아파트의 안에서 보안장치를 해제해 주어야만 출입이 가능했다.

이내 문이 열리자 헬렌 루이스의 얼굴이 굳어졌다.

그녀의 눈에 제일 먼저 들어온 사람은 주름으로 가득한 80살이 넘은 듯한 노인이었다.

약간 구부정한 몸에 핏기를 잃은 창백한 얼굴을 가진 노인이 아파트의 문을 열었다는 것이 믿어지지 않았다.

"누, 누구세요?"

헬렌 루이스가 놀란 얼굴로 물어보는 순간 노인의 뒤에서 두 명의 남녀가 모습을 드러냈다.

참으로 잘생긴 동양인 청년과 그 청년과 너무나 잘 어울리는 아름다운 흑발의 늘씬한 동양여인이 눈을 깜박이며 안쪽을 바라보고 있었다.

헬렌 루이스가 멍한 표정으로 입을 열었다.

"당신들 누구세요? 어떻게 문을 연 거예요?"

그때 열려진 현관의 앞쪽에 서 있던 노인이 힘없는 목소리로 입을 열었다.

"헬렌, 접니다. 듀크예요."

"네?"

헬렌 루이스의 입이 벌어졌다.

한편 거실에서 지독한 상실감에 잠겨 있던 로빈 레이얼은 현관에서 아들의 이름인 듀크라는 말이 들리자 놀란 얼굴로 머리를 들어올렸다. 그의 눈에 현관에 추레한 얼굴로 서 있는 노인의 모습이 들어왔다.

로빈 레이얼의 얼굴이 굳어졌다. 노인의 뒤에 서 있는 김동하와 한서영의 얼굴을 발견했기 때문이었다.

김동하의 표정은 무척이나 담담해 보였고 한서영의 얼굴은 약간 상기된 듯했다. 김동하와 한서영을 발견하고 놀란

사람은 로빈 레이얼뿐만이 아니었다.

동생인 로빈 레이얼과 모든 혈연의 매듭을 끊어내려 찾아온 토마스 레이얼 회장과 데니얼 엘트먼 이사까지 김동하와 한서영을 발견하고 놀란 표정을 지었다.

김동하가 토마스 레이얼 회장을 발견하고 살짝 머리를 숙였다.

"회장님까지 와 계시군요."

"다, 닥터김."

토마스 레이얼의 얼굴이 창백하게 굳어졌다. 김동하가 앞쪽에 서 있는 듀크 레이얼의 등을 가볍게 밀었다.

"당신의 아버지를 만나야 할 것 같으니 안으로 들어가지."

김동하의 말에 천명을 회수당한 듀크 레이얼이 비척이며 안으로 들어섰다. 침실에서 바라보고 있던 헬렌 루이스가 놀란 얼굴로 소리쳤다.

"뭐예요? 누군데 이렇게 마음대로 들어오는 거예요? 로빈, 뭐해요? 이 사람들 뭐하는 사람들이에요?"

헬렌 루이스는 누구의 간섭도 받지 않고 오붓하게 정부 로빈 레이얼과 살고 있던 자신의 안식처에 영문을 알 수 없는 사람들이 들어오는 것에 기겁했다.

듀크 레이얼이 처량한 시선으로 아버지의 정부인 헬렌 루이스를 바라보았다.

"나 듀크예요. 헬렌."

"뭐라고요? 말도 안 돼."

헬렌 루이스는 두 번이나 자신을 듀크라고 말하는 노인을 보며 입을 벌렸다. 듀크 레이얼이 머리를 흔들었다.

한편 아들 듀크가 돌아왔다는 것에 머리를 들었던 로빈 레이얼은 반쯤 소파에서 몸을 일으키고 있었다.

"듀, 듀크라고?"

로빈 레이얼은 현관을 열고 들어와 거실로 걸어오고 있는 노인을 믿어지지 않는다는 얼굴로 바라보았다.

천명을 회수당해 노인의 모습으로 변해버린 듀크 레이얼의 주름진 얼굴에서 눈물이 흘러나오고 있었다.

아버지의 얼굴을 보는 순간 참았던 눈물이 터져버린 것이다.

"흐흑 아버지."

털썩.

듀크 레이얼이 거실로 들어서다 로빈 레이얼과 시선이 마주치는 순간 울음을 터트리며 바닥으로 주저앉았다.

로빈 레이얼의 얼굴이 하얗게 변했다.

"이, 이게……."

토마스 레이얼이 듀크 레이얼의 뒤에서 걸어 들어오던 김동하와 한서영을 보며 입을 열었다.

"두, 두 분 이게 어떻게 된 겁니까?"

김동하가 대답했다.

"그자들과 함께 찾아갔던 그곳에서 만난 회장님의 조카 듀크 레이얼에게서 천명을 회수한 것입니다."

순간 토마스 레이얼의 입이 벌어졌다. 자신의 저택을 침입한 자들을 응징할 때 김동하가 보여준 그 권능을 조카인 듀크 레이얼에게도 펼친 것임을 단번에 알아차린 것이다. 로빈 레이얼은 아파트의 거실 바닥에서 주저앉아 울고 있는 노인의 모습으로 변한 듀크 레이얼을 보며 몸을 부르르 떨었다.

"다, 당신이 듀크라고?"

듀크 레이얼이 머리를 끄덕였다.

"예, 아버지. 저 듀큽니다. 어허허허허."

"세상에……."

반쯤 일어섰던 로빈 레이얼이 다리에 힘이 빠진 듯 소파에 털썩 다시 주저앉았다. 김동하가 무심한 시선으로 로빈 레이얼을 보며 입을 열었다.

"이자가 당신의 아들인 듀크 레이얼이라는 것은 틀림없어. 아무리 천명을 회수당해 모습이 변했다고 하지만 자신의 아들을 몰라볼 만큼은 아닐 텐데?"

김동하의 말에 로빈 레이얼이 흔들리는 시선으로 주름살로 가득한 아들 듀크 레이얼을 바라보았다.

그의 눈에 어릴 때 그네를 타고 놀다 다친 듀크 레이얼의 귓바퀴에 난 상처가 들어왔다.

비록 주름투성이의 피부였지만 너무나 선명한 흉터는 자신의 아들인 듀크 레이얼임을 증명해 주고 있었다.

"어떻게 이런 일이……."

로빈 레이얼이 창백하게 질린 얼굴로 눈을 껌벅이며 눈물을 흘리고 있는 노인의 모습으로 변한 아들을 바라보았다.

그런 로빈 레이얼을 바라보며 김동하가 입을 열었다.

"당신의 아들 듀크 레이얼은 자신이 지은 죄의 값으로 그가 가진 하늘이 안배한 천명을 회수한 것이야. 천륜을 어기고 친혈육인 큰아버지를 해치는 것도 모자라 자신을 낳아준 당신까지 해치려 한 패륜을 저질렀으니 하늘을 대신해서 천명을 회수한 것이란 말이지. 그리고 당신도 자신의 추악한 욕심 때문에 친형을 해치려고 했으니 그 역시 마땅한 대가를 치러야 할 것이고."

차갑게 말하는 김동하의 목소리는 마치 서릿발처럼 냉정하게 들려왔다.

로빈 레이얼의 몸이 덜덜 떨리기 시작했다.

"마, 말도 안 돼."

김동하가 차가운 목소리로 입을 열었다.

"세상엔 당신 같은 사람들의 시선으로 보아서는 믿어지지 않는 일들이 참으로 많이 있을 거야. 지금 이런 상황도 그중 하나일 뿐이지."

로빈 레이얼이 멍한 얼굴로 김동하를 바라보았다.

"그럼 형을 변하게 만든 것도⋯⋯."

로빈 레이얼은 형 토마스 레이얼이 젊은 시절의 모습으로 돌아가게 된 것이 그제야 이해가 되었다.

김동하가 차갑게 웃었다.

"내게 주어진 권능으로 천명은 회수도 가능하지만 다시 돌려주는 것도 어렵지 않아. 당신 같은 사악한 심성을 가진 사람에게는 해당이 되지 않겠지만."

덜덜덜.

로빈 레이얼의 몸이 사시나무처럼 떨리고 있었다.

그때 침실에서 옷을 모두 갈아입은 것인지 헬렌 루이스가 급하게 다시 거실로 나왔다.

"로빈, 이게 무슨 일이에요? 이 노인이 스스로 듀크라고 하는데 영문을 모르겠어요."

헬렌 루이스로서는 한순간에 노인으로 변한 듀크 레이얼이 진짜 로빈 레이얼의 아들이라는 생각은 죽어도 이해가 되지 않을 것이었다. 헬렌 루이스가 이내 정신을 차리고 다시 거실에 서 있는 사람을 훑어보았다.

그녀의 시선에 토마스 레이얼 회장과 데니얼 엘트먼 이사 그리고 김동하와 한서영을 비롯해 바닥에 주저앉아 눈물을 흘리고 있는 노숙자 같은 모습의 괴팍한 노인(?)이 들어왔다. 헬렌 루이스의 얼굴이 찌푸려졌다.

"로빈, 무슨 일인지 모르지만 여긴 내 집이에요. 이 사람들을 모두 내 보내세요. 내 집에 주정뱅이 같은 자들은 더 이상 필요 없어요. 이 사람들을 만나려면 아예 로빈이 이 집에서 나가 밖에서 만나도록 해요."

헬렌 루이스는 자신의 집을 찾아온 자들이 로빈 레이얼이 간혹 만나는 이상한(?) 일을 하는 사람들의 부류라고 생각하고 있었다.

로빈 레이얼이 레이얼 시스템의 부회장으로 재직할 때 회사의 임원들이나 중역들을 해임할 때 고용했던 청부용역 부류와 같은 무리라고 생각한 헬렌 루이스였다.

헬렌 루이스가 팔짱을 끼고 거실에 모인 사람들을 둘러보았다. 그녀의 눈에 자신보다 젊고 아름답게 생긴 너무나 단아해 보이는 한서영의 모습이 들어오고 있었다.

헬렌 루이스의 입술이 잘근 깨물렸다.

한서영의 모습은 헬렌 루이스가 자신도 모르게 질투심이 일어날 정도로 신비한 느낌까지 흘리고 있었다.

헬렌 루이스가 어금니를 꾸욱 깨물며 입을 열었다.

"더구나 내 집에 냄새나는 동양인들은 절대로 들여놓을 수 없어요. 그러니 당장 내보내세요."

말을 마친 헬렌 루이스가 머리를 돌려 로빈 레이얼을 바라보았다. 그녀의 눈에 얼굴이 땀으로 덮인 로빈 레이얼의 모습이 들어왔다.

지금까지는 경황이 없어서 정부인 로빈 레이얼이 어떤

조선남자
朝鮮男子

상황인지 살펴보지 못했지만 무례하게 집안으로 들어온 주정뱅이무리(?)들을   아내어야 한다는 생각이 머리를 가득 채우자 그제야 로빈 레이얼을 살펴보게 된 것이다.

순간 헬렌 루이스의 얼굴이 굳어졌다.

"로, 로빈. 왜 그래요? 어디 아파요?"

헬렌 루이스가 다급하게 로빈 레이얼을 향해 다가섰다.

"로빈, 로빈."

헬렌 루이스의 손이 로빈 레이얼의 양 어깨를 잡고 흔들었다. 로빈 레이얼이 창백한 얼굴로 정부가 흔드는 힘에 몸을 휘청이고 있었다.

하지만 그의 입이 열리지는 않고 있었다.

헬렌 루이스가 하얗게 질린 얼굴로 입을 열었다.

"당신들 지금 로빈에게 무슨 짓을 한 거야? 당신들이 로빈에게 못된 수작을 부린 것이라면 절대로 용서하지 않을 거야. 각오해."

헬렌 루이스는 무례하게 집안으로 들어온 주정뱅이 패거리들이 정부인 로빈 레이얼에게 이상한 수작을 부린 것이라고 생각했다. 그때였다.

토마스 레이얼 회장이 김동하를 보며 입을 열었다.

"닥터김. 한 가지만 부탁할 것이 있습니다."

김동하가 토마스 레이얼을 바라보았다.

"말씀하십시오."

"저 사람들을 용서해 줄 수 없겠소?"

"예?"

김동하의 표정이 굳어졌다.

토마스 레이얼이 김동하의 손을 양손으로 움켜쥐었다.

"내 손으로 이들과의 인연을 끊어내기로 했습니다. 그것만으로도 이 사람들에게는 상당한 대가를 치르게 했다고 생각합니다. 나는 그것이면 충분합니다."

김동하가 약간 굳은 얼굴로 입을 열었다.

"회장님도 모자라 회장님의 가족 모두를 해치려고 한 사람들입니다. 그래도 용서하실 생각이십니까? 듀크 레이얼은 자신을 낳아준 친아버지까지 해치려고 했고요."

토마스 레이얼이 쓸쓸한 얼굴로 웃었다.

"모두가 추악한 욕심 때문에 벌어진 일이지요. 하지만 이젠 그 욕심도 쓸모없게 되었으니 그것이면 저들에게는 충분한 응징으로 남을 것입니다."

"……."

"한때는 내 동생이고 내 조카인 사람들입니다. 비록 이렇게 인연을 매듭짓게 되었지만 남은 삶을 저 모습으로 살아가게 하는 것은 오히려 제가 힘들 것 같아서 부탁드리는 것입니다."

토마스 레이얼의 얼굴은 무척이나 슬프게 보였다.

그로서는 동생과 조카가 김동하에게 또 다른 응징을 당

하는 것만큼은 피할 수 있는 배려 정도는 남기고 싶은 심정이었다.

지켜보고 있던 한서영이 머리를 끄덕였다.

"그렇게 해. 동하야. 비록 인연을 끊는다고 하지만 한때는 회장님의 혈육으로 살아왔던 사람들이야. 비록 죄가 무겁다고 하지만 회장님과의 인연을 끊는 것만으로도 충분한 대가를 치르게 될 거야. 그리고 비록 이렇게 혈연으로 맺어진 인연이 끝난다고 하지만 회장님에게는 두 사람이 저런 모습으로 남은 생을 살아가는 것을 지켜보아야 한다는 것도 힘드실 테니까 말이야."

한서영의 말에 김동하가 노인의 모습으로 변한 듀크 레이얼을 내려다보았다.

듀크 레이얼은 한서영이 김동하에게 하는 말이 한국어였기에 알아들을 수는 없었지만 큰아버지 토마스 레이얼이 김동하에게 용서해 달라는 말을 들었기에 몸을 떨며 김동하를 바라보고 있었다.

김동하의 시선이 듀크 레이얼과 마주쳤다.

김동하의 시선은 얼음장처럼 차가웠다.

"당신에게 한때 인자한 숙부님이 있었다는 것을 평생 감사하게 생각해야 할 거야. 그리고 천명은 언제든 회수할 수 있다는 것도 명심하고."

"제, 제발……."

듀크 레이얼은 절망 속에서 한 가닥 희망을 발견한 듯 김동하의 다리를 잡고 매달렸다. 눈물과 땀으로 범벅이 된 그의 주름진 얼굴은 너무나 간절한 애원을 담고 있었다. 김동하가 잠시 듀크 레이얼을 내려다보다가 이내 머리를 끄덕였다.

"천명을 돌려주지. 하지만 지금까지 살아온 방식과는 다르게 사는 방식을 택하는 것이 남은 천명을 지킬 수 있는 유일한 선택임을 기억해야 할 거야."

말을 마친 김동하가 자신의 손바닥에 천명을 불어냈다.

"당신의 천명을 돌려주겠어. 한때나마 당신이 큰아버지로 불렀던 회장님께 감사해."

말을 마친 김동하가 이내 듀크 레이얼의 몸속으로 천명을 불어넣었다.

후우우우웅.

김동하가 뱉어낸 천명의 기운이 듀크 레이얼의 몸속으로 들어서는 순간 듀크 레이얼은 자신의 몸에서 일어나는 변화를 직감하고 있었다.

스스스스스스.

회색으로 변했던 그의 머리칼이 다시 금발로 돌아오고 있었다. 얼굴을 비롯해서 온몸에 가득했던 주름살이 마치 지우개로 지우는 것처럼 사라지기 시작했다.

"까아아악!"

듀크 레이얼이 변하는 것을 지켜보고 있던 헬렌 루이스가 찢어질 듯한 비명을 질렀다.

로빈 레이얼도 하얗게 질린 얼굴로 눈앞에서 노인으로 변해 있던 아들 듀크 레이얼이 다시 본래의 모습으로 돌아오는 상황을 지켜보고 있었다. 이내 듀크 레이얼의 모습이 김동하에게 천명을 회수당하기 직전의 모습으로 돌아왔다. 천명을 다시 돌려준 김동하가 듀크 레이얼을 보며 입을 열었다.

"천명을 돌려주었지만 그게 당신이 죄가 없다는 것을 의미하는 것이 아니라는 것을 알아야 할 거야."

차가운 김동하의 말이었다.

로빈 레이얼은 눈앞에서 아들 듀크 레이얼이 다시 젊어지는 것을 지켜보았기에 온몸에서 소름이 돋았다.

김동하가 로빈 레이얼을 바라보며 입을 열었다.

"당신들 두 사람은 언제든 내가 다시 찾아오지 않기를 바라야 할 거야. 그때는 회장님이 부탁하셔도 소용없을 테니까 말이야."

"오, 하느님."

듀크 레이얼은 다시 팽팽한 피부를 되찾은 자신의 얼굴을 손으로 만지며 자신도 모르게 하느님을 찾고 있었다. 로빈 레이얼이 멍한 표정으로 김동하를 올려다보고 있었다. 그제야 어떻게 형이 다시 젊어지게 된 것인지 너무나 확연하게 알 수가 있었다.

헬렌 루이스가 하얗게 질린 얼굴로 정부인 로빈 레이얼의 아들 듀크 레이얼과 김동하를 번갈아 바라보았다.

"이, 이게 지금 어떻게……."

헬렌 루이스로서는 자신의 안식처와 같은 아파트를 무단으로 침입한 무뢰한 주정뱅이 패거리라고 생각했던 사람들이 너무나 신비로운 능력을 펼치자 믿어지지 않는 듯 눈을 부릅뜨고 있었다.

조카인 듀크 레이얼이 다시 젊어진 것을 본 토마스 레이얼이 김동하에게 머리를 숙였다.

"저의 부탁을 들어주셔서 감사드립니다 닥터김."

김동하가 대답했다.

"회장님의 부탁을 들어드리긴 했지만 저 사람들이 또다시 다른 선택을 하게 되면 그때는 어쩔 수 없을 겁니다."

토마스 레이얼이 머리를 끄덕였다.

"알고 있습니다. 그리고 그때는 저도 똑같은 부탁을 드리지 못할 것입니다."

말을 마친 토마스 레이얼이 상기된 얼굴로 자신의 몸을 살피고 있는 조카 듀크 레이얼과 동생 로빈 레이얼을 보며 입을 열었다.

"아까 내가 한 말을 기억해야 할 거야. 그리고 두 번 다시는 이렇게 만날 일은 없을 것이다."

말을 마친 토마스 레이얼이 몸을 돌렸다.

그때 하얗게 굳은 얼굴로 김동하와 토마스 레이얼 회장을 바라보던 로빈 레이얼이 다급하게 입을 열었다.

  "혀, 형."

  형이라는 말이 로빈 레이얼의 입에서 흘러나오자 토마스 레이얼의 몸이 흠칫했다. 잠시 몸을 돌린 채 서 있던 토마스 레이얼이 머리를 돌려 로빈 레이얼을 바라보았다.

  "아까 내가 했던 말을 잊은 모양이구나. 앞으로 너와의 인연은 더 이상 남아 있지 않으니 날 형으로 부를 이유가 없다."

  말을 마친 토마스 레이얼이 몸을 돌려 아파트의 현관 쪽으로 발걸음을 옮겼다. 김동하가 굳은 얼굴로 소파에 앉아 있는 로빈 레이얼을 바라보며 입을 열었다.

  "두 사람 모두 다시 나를 만나지 않기를 바라야 할 거야."

  차갑게 말하는 김동하의 곁으로 한서영이 다가섰다.

  "우리도 이제 그만 돌아가."

  한서영은 이제야 한국으로 돌아갈 수 있을 것이라는 생각에 한시라도 빨리 이곳을 떠나고 싶은 마음이었다.

  토마스 레이얼 회장의 곁에 서 있던 데니얼 엘트먼 이사가 뒤를 따르고 김동하의 팔짱을 낀 한서영이 김동하를 데리고 아파트를 나섰다.

  아파트의 현관문을 여는 토마스 레이얼 회장의 두 눈에 살짝 물기가 고이고 있었다.

이것으로 욕심 많고 이기적인 동생 로빈 레이얼과의 인연을 끊어야 한다는 그의 결정이 그로서는 심장을 도려내는 것 같은 아픔으로 다가오고 있었다.

그리고 그것이 같은 피를 나눈 형제로서 그가 선택할 수 있는 최선의 선택이었다고 마음속으로 다시 한번 되뇌고 있었다.

딸칵.

문이 열리는 소리와 함께 일행이 현관문을 나섰다.

그때였다.

띠리리리리릿—

아파트의 안쪽에서 전화벨 소리가 울리고 있었다.

하지만 누구도 뒤를 돌아보지 않았다.

띠리리리릿—

띠리리리릿—

로빈 레이얼은 형 토마스 레이얼 회장이 아파트에서 떠나는 뒷모습을 바라보는 시선을 떼지 못했다.

테이블 위에 놓인 그의 전화기 액정화면에는 '중국 화신 mr 천'이라는 글자가 선명하게 떠올라 있었다.

띠리리리릿—

띠리리리릿—

소음처럼 이어지고 있는 전화벨 소리가 아파트의 거실을 울리고 있었지만 누구도 전화기에 손을 대지 않았다.

오해와 오산(誤解와 誤算)

"엄마! 여기야."

카페로 들어서던 이은숙에게 카페 안쪽에서 손을 들어올리며 자신을 부르는 둘째딸 한유진의 목소리가 들려왔다.

이은숙이 둘째딸을 바라보며 하얀 이를 드러내고 웃었다.

"유진아."

이은숙이 손을 흔드는 둘째딸 한유진의 앞으로 발걸음을 옮겼다.

또각또각—

이은숙의 늘씬한 발에 신겨진 굽 높은 구두가 맑은 소리를 내며 카페를 울리고 있었다.

순간 카페에 앉은 사람들의 시선이 이은숙에게 몰려들었다.

노란색 원피스에 머리에도 노란색의 머리끈을 한 이은숙의 모습은 주변의 남자들이라면 한 번이라도 눈이 돌아갈 정도로 너무나 아름다운 모습이었다.

아직도 한낮에는 약간의 더위가 느껴지는 10월의 중순이었지만 원피스 아래로 드러난 매끈한 다리는 백옥처럼 하얗게 빛나고 있었다.

이제 갓 20살 중후반의 나이로 밖에 보이지 않는 이은숙을 엄마라는 호칭으로 부르는 한유진과 그녀의 부름에 호응하는 이은숙은 단번에 카페에 앉아 있던 사람들의 관심을 불러들일 정도로 특별했다.

"뭐야? 엄마라는 다른 뜻의 새로운 신조어가 생긴 건가?"

"친구처럼 보이는데?"

카페에 앉아 있던 손님들이 이상한 듯이 수군거리는 소리가 이은숙의 귀로 들어왔다.

이은숙을 기다리고 있던 한서영과 이제 막 카페로 들어선 이은숙은 누가 보아도 친구사이 정도로만 보일 정도로 젊고 매력적이었다.

이은숙의 얼굴이 살짝 붉어져 있었다.

"엄마라고 부르지 마."

이은숙이 둘째 딸의 맞은편 자리에 앉으면서 살짝 붉어진 얼굴로 투덜거렸다.

그런 엄마의 표정이 재미있는지 한유진이 이를 드러내고 웃었다.

"호호 그럼 엄마를 엄마라 부르지 뭐라고 불러? 그냥 이여사라고 부를까?"

한유진이 장난치듯 엄마의 얼굴을 바라보며 웃었다.

"시끄러."

"호호 오늘은 어떤 정신 나간 남자가 엄마 따라오지 않았어?"

며칠 전 이은숙이 청바지 차림으로 시장을 보러 나갔다가 집으로 돌아오는 도중 그녀의 미모에 반한 청년이 집까지 따라왔던 것을 한유진에게 털어놓은 것이 둘째딸의 놀림감이 되었다.

이은숙이 눈을 흘겼다.

"까불래?"

"아빠랑 엄마랑 다시 결혼식 올려도 전혀 이상할 것 같지가 않아."

"가시나가 정말?"

이은숙 여사가 짐짓 놀리지 말라는 듯 눈을 부릅떴다.

하지만 딸의 놀림이 싫지는 않았다.

카페의 다른 테이블에 앉은 사람들이 힐끗거리는 시선이 두 사람에게 느껴지고 있었기에 한유진이 앞쪽으로 몸을 기대며 입을 열었다.

"차는 골랐어?"

며칠 전 남편 한종섭이 아내 이은숙에게 차를 사라고 돈을 건네준 것으로 인해 이은숙은 한층 신이 난 모습이었다.

지금까지 살아오면서 자신의 소유는 현재 큰딸 한서영이 살고 있는 반포의 아파트 하나뿐이었던 이은숙이었다.

오래전에 따놓은 이은숙의 운전면허증은 간혹 남편이 밖에서 술을 마실 경우 남편을 대신해서 대리운전을 해서 귀가하는 용도로만 사용되었을 정도였다.

그런 이은숙에게 남편이 아내의 선물로 차를 사라고 건네준 제법 큰 거금이 그녀를 설레게 만들어 놓았다.

오늘 둘째딸 한유진과 카페에서 만나게 된 것도 한유진의 강의가 끝나고 난 이후 이은숙과 만나 같이 차를 보러 가기로 한 것이 이유였다.

이은숙은 요즘 유행하는 깜찍한 소형차를 선택했다.

주차하기도 어렵지 않고 시장을 볼 때에도 편하게 사용할 수 있다고 생각했기 때문이다.

이은숙이 대답했다.

"역시 일성에서 나오는 팬콥이 제일 좋겠어."

"팬콥?"

이은숙의 말에 한유진이 눈을 깜박였다.

팬콥자동차는 1,000cc짜리 작은 소형차였고, 생긴 것이 외국차인 물방개와 비슷한 형태로 디자인이 되어 있는 차였다.

한유진이 입을 살짝 내밀었다.

"난 아빠가 엄마에게 돈을 더 줘서 외제차를 탔으면 좋겠는데."

"시끄러. 우리 주제에 무슨 외제차?"

"아빠 돈 많잖아."

한유진은 근래에 와서 아빠의 사업이 대규모로 확장되면서 무척 바빠졌다는 것을 실감하고 있었다.

구체적으로 어떤 식으로 확장이 되고 어떻게 바빠지는 것인지는 알지 못했다.

그렇지만 예전과는 달리 아빠의 얼굴에 여유가 넘치는 것을 느꼈고 의욕도 넘치고 있음을 체감하고 있었던 중이다.

더구나 회사의 자금사정이 나아졌는지 엄마에게 차를 사 줄 정도로 여유가 있었고 자신과 동생들에게도 제법 큰돈을 용돈으로 줄 정도였다.

둘째딸과 함께 자신의 차를 사기 위해 신촌의 카페에서 만난 이은숙은 제법 신이 난 모습이었다.

남편으로부터 회사의 규모가 커질 것이라는 말을 듣고
살짝 놀라긴 했다.

그런데 며칠 전 오랜만의 회식자리에서 대면한 남편회
사의 직원들 얼굴이 무척이나 밝은 것을 보며 오랜 고생을
해왔던 남편이 드디어 빛을 보게 되는 것이라고 생각했다.

레이얼 시스템의 본사와 새로운 형식으로 계약을 맺은
것과 딸 한서영과 사위 김동하가 미국으로 건너가 레이얼
시스템의 토마스 레이얼 회장을 살려낸 이후 그 사례금으
로 엄청난 거액을 받았다는 말은 하지도 않았던 한종섭 사
장이었다.

비록 자신의 딸과 사위긴 하지만 그 돈의 처분은 오롯이
두 사람의 처분에 맡길 생각이었다.

다만 레이얼 시스템과 합작으로 설립해야 할 서진무역의
자금은 엄치없지만 두 사람이 토마스 레이얼 회장으로 받
은 사례금에서 융통할 수밖에 없었다.

하지만 그 돈은 새로 설립될 합작회사가 정상궤도에 오
르면 반드시 돌려줄 생각이었기에 아내인 이은숙에게도
말을 하지 않았다.

큰딸 한서영과 사위 김동하에게 엄청난 사례금이 들어온
것을 아내와 자식들이 알게 되면 괜한 욕심을 가질지도 모
른다는 한종섭의 나름 안배였다.

하지만 그럼에도 회사의 자금사정이 예전과는 비교를 할

수 없을 정도로 나아졌기에 아내에게 차를 사줄 생각을 했던 한종섭이었다.

아내가 시장에서 장을 본 무거운 장바구니를 들고 힘겹게 돌아오던 것을 늘 마음 아프게 생각했다.

그런 그가 이제 아내를 위해 익숙하지 않은 사치(?)를 베푼 것이 오늘 그의 아내 이은숙과 둘째딸 한유진이 카페에서 만나게 된 동기였다.

이은숙이 한유진을 보며 물었다.

"넌 산다고 하던 옷 샀니?"

이틀 전 남편이 둘째딸 한유진과 셋째딸 한지은 그리고 막내 한강호에게까지 제법 두둑하게 용돈을 준 것을 보았던 이은숙이었다.

한유진이 살짝 입술을 내밀었다.

"못 샀어."

"왜?"

이은숙의 눈이 동그랗게 변했다.

사고 싶은 옷이 있다고 자신에게 용돈을 올려달라고 졸라대던 둘째딸이었다.

그런 둘째딸에게 남편이 두둑하게 용돈을 주었지만 옷을 사지 못했다는 말에 놀란 것이다.

한유진이 혀를 내밀며 입을 열었다.

"돈이 모자랄 때는 꼭 사고 싶은 옷이었는데 막상 아빠에게 용돈을 받으니 그게 쓰기가 좀 난감하더라고. 배가 고플 때는 아무거나 주면 다 먹을 수 있을 것 같지만 배가 부르고 나면 다른 생각을 하는 것처럼 말이야. 히히."

한유진으로서는 용돈이 모자랐을 때 가지고 싶었던 옷이었지만 용돈이 넉넉해지자 다른 생각이 들었던 모양이었다.

이은숙이 피식 웃었다.

"그냥 사, 엄마가 차 사고 남은 돈은 모두 너한테 줄 테니까."

엄마의 말에 한유진의 눈이 동그랗게 변했다.

"정말?"

"그래, 뭐 대충 셈을 해 보니까 차를 사고도 좀 남을 것 같더라."

"뭐야? 엄마 짠순이 아니었어?"

시장을 볼 때 100원짜리 동전 하나에도 수없이 망설이고 갈등하던 사람이 자신의 엄마 이은숙이었다.

같은 품질이면 좀 더 싼 것을 골랐고 콩나물을 사도 10원이라도 더 깎아 달라고 졸라대던 억척스런 아줌마가 바로 엄마였다.

그런 엄마가 달라졌다는 것에 한유진이 놀라고 있었다.

이은숙이 웃으면서 입을 열었다.

"사실 너나 지은이 그리고 강호한테 늘 용돈을 모자라게

준 것이 미안했어. 하지만 이제 너희 아빠 회사도 괜찮아
진 것 같고 여유가 생긴 것 같아서 그렇게 억척을 부리며
살진 않겠다는 생각이 들었어."

"고마워 엄마. 근데 나 옷 안 사도 되니까 차사고 남은 돈
은 엄마가 알아서 써."

"안 사도 되는 옷을 그렇게 사야 한다고 날 졸라댄 거
야?"

한유진이 빙긋 웃었다.

"여자의 변덕은 하느님도 못 말린다고 하잖아?"

"에이그."

이은숙이 밉지 않은 눈으로 한유진을 흘겼다.

부모로서 호들갑을 부리지 않아도 참으로 잘 커준 자식
들이었다.

공부하라고 억척을 부리지 않아도 알아서 공부를 했고
가꾸고 꾸며주지 않아도 너무나 예쁘게 자라주었다.

한유진이 자신의 팔목에 채워진 시계를 힐끗 보았다.

오후 3시 10분이 막 지나고 있었다.

"가자 엄마."

"차도 안 마시고?"

카페에 들어오면 당연히 차를 마시고 나가야 한다고 생
각한 이은숙이었다.

한유진이 웃었다.

"엄만 커피 싫어하잖아?"

"그래도."

"저기 과일주스 괜찮게 만드는 곳이 있어. 내가 그거 사줄게 그냥 나가."

카페에서 100m 정도 떨어진 곳에 위치한 테이크아웃용 과일주스 판매점을 머릿속에 떠올린 한유진이었다.

그곳에서 과일주스를 사서 들고 다니며 마시면서 엄마랑 오붓한 데이트를 할 생각이었다.

한유진은 오랜만에 엄마와 나란히 신촌거리를 거닐고 싶었다.

누구에게나 자랑하고 싶을 정도로 아름다운 미인이 자신의 엄마라는 사실이 좋았다.

더구나 이렇게 젊어진 엄마라면 누가 보아도 어울리는 자매나 친구사이쯤으로 생각할 것이 뻔했다.

한유진의 재촉에 이은숙이 힐끗 카페의 카운터를 눈치로 살피다가 미안한 표정으로 가방을 들고 일어섰다.

두 사람이 카페에 들어오고 나가는 것을 카운터에서는 신경도 쓰지 못할 정도로 바쁘게 움직였다.

카운터 앞에는 주문을 위해서 서 있는 몇 명의 손님들이 보였고 종업원들은 그 사람들을 상대했다.

두 사람이 자리에서 일어서자 카페에 앉아 있던 사람들의 시선이 두 사람에게 쏠렸다.

"와, 크다."

"뭐야? 그러고 보니 두 사람이 닮은 것 같네?"

여기저기서 수군거리는 소리가 들려왔다.

한유진이 묘한 미소를 머금고 약간은 표정이 굳은 엄마 이은숙의 손을 잡고 카페를 나섰다.

한유진은 타인들이 자신과 엄마를 놀란 표정으로 바라보는 시선이 싫지 않았다.

두 사람이 카페를 빠져나오자 거리는 끈질기게 이어지는 지난여름의 열기가 마지막 발악을 하듯 거리를 채우고 있었다.

한유진이 이은숙의 손을 잡고 과일주스를 파는 가게를 향해 걸음을 옮겼다.

청바지 차림에 약간은 헐렁한 티셔츠를 걸친 한유진과 날개처럼 하늘거리는 노란색의 원피스를 입은 이은숙의 모습은 묘하게 어울렸다.

이내 두 사람이 10월의 열기로 가득한 인파 속으로 사라졌다.

―지금 어디에 있습니까?

전화기 속에서 들려오는 목소리에 정인학이 빠르게 대답했다.

"지금 막 카페를 나와 프린스 호텔 방향으로 움직이고 있

습니다. 다만 만나는 사람이 한서영씨의 모친은 아닌 것
같습니다."

　말을 하는 정인학의 이마로 땀이 흘러내리고 있었다.

　지하철에서 나와 카페까지 계속 이은숙의 뒤를 따라왔으
니 그로서는 때 아니게 곤욕을 치르는 상황이었다.

　정인학이 약 20m 정도 떨어진 거리에서 나란히 손을 잡
고 걷는 이은숙과 한유진의 뒷모습을 바라보고 있었다.

　거리에서 눈에 확 띄는 두 여인이었다.

　그것을 증명하듯 거리를 지나는 사람들이 두 여인을 힐
끗 거리며 스쳐갔다.

　하긴 자신이 보아도 남자라면 가슴이 두근거릴 정도로
아름다운 두 여자였다.

　정인학이 이은숙의 집인 신사동 스카이 캐슬 아파트부터
그녀의 뒤를 따라온 것은 한서영의 어머니를 만나기 위해
서였다.

　박영진 실장의 부탁으로 한서영의 모친의 동태를 파악하
기 위해서 한서영의 본가인 신사동의 스카이아파트를 주
시하던 중 이은숙이 외출하는 것을 포착하고 그녀의 뒤를
따르는 중이었다.

　스카이 캐슬을 감시하면서 그가 알아낸 것은 한서영의
모친은 어디에도 볼 수가 없다는 것이었다.

　그가 알아낸 것은 한서영의 본가인 신사동의 스카이캐슬

아파트에는 한서영의 동생으로 추측되는 젊고 아름다운 여인과 어린 여고생, 중학생으로 보이는 남학생 그리고 한서영의 아버지인 한종섭 사장이 살고 있다는 것이 전부였다.

어디에도 한서영의 모친으로 보이는 중년여인의 모습은 찾을 수가 없던 것이 결국 지금 이은숙을 뒤따르게 만들었다.

정인학은 자신이 신사동의 아파트에서부터 뒤를 따라온 이은숙을 한서영의 둘째 여동생인 한유진으로 오해하고 있었다.

공교롭게도 한유진은 언니 한서영이 김동하와 함께 미국으로 건너가자 본가 대신 언니의 집에서 머물고 있었기에 그렇게 오해할 수밖에 없었다.

홀로 남겨진 김동하의 포메라니언 강아지 '유진'이를 보살피라는 한서영과 김동하의 당부 때문에 어쩔 수 없이 언니의 집에 머물고 있는 한유진이었다.

한유진으로서는 오랜만에 아무도 없는 자신만의 독립된 공간에서 생활할 수 있었기에 오히려 그것을 더 반기는 상황이었다.

그 때문에 정인학은 신사동의 아파트에서 한유진을 볼 수가 없었던 것이다.

그가 본 이은숙은 이제 고작 스무 살 중반의 젊고 아름다운 여인이었기 때문에 이은숙을 한서영의 여동생인 한유진으로 오해를 했다.

정인학은 외출을 하는 이은숙의 뒤를 따르면 한서영의 모친을 만날 수도 있을 것이라는 기대감으로 그녀를 따라왔다.

하지만 정작 이은숙이 만난 여자는 또래의 늘씬한 여인이라는 것에 실망하고 있었다.

정인학의 귀에 박영진 실장의 목소리가 들려왔다.

─그럼 아직 한서영씨의 모친이 어떤 분인지 알지 못했단 말입니까?

정인학이 이마의 땀을 손으로 훔치며 대답했다.

"아파트를 계속 주시했지만 한서영씨의 모친으로 보이는 분은 찾지 못했습니다."

정인학은 박영진 실장이 이렇게 조바심을 내는 이유를 잘 알고 있었다.

박영진은 자연스럽게 세영대학병원의 닥터인 한서영에게 접근하기 위한 명분으로 한서영의 부친인 한종섭 사장이 운영하는 서진무역에 먼저 접근했다.

동신그룹의 계열사로서 대덕에 세워질 미래화학에 대한 설비납품 오더라는 조건을 제시했지만 상황이 엉뚱하게 빗나가고 말았다.

파격적이라고 할 수 있을 정도로 좋은 조건으로 서진무

역에 요청했던 오더가 어떻게 된 영문인지 서진무역이 간단하게 거절함으로 인해 난감한 상황에 빠져 문제가 된 것이다.

원인을 분석해 본 결과 한종섭 사장은 동신그룹의 오더를 가지고 찾아온 정인학이 한서영을 언급한 것이 문제가 되었다고 판단할 수밖에 없었다.

결국 한종섭 사장을 통해 접근하는 것이 아니라 아예 한종섭 사장의 아내이자 한서영의 모친인 이은숙을 통해 접근하는 것이 더 좋다고 판단하고 신사동의 아파트를 주시하게 되었다.

그 결과 정작 이은숙을 알아냈지만 정인학은 한유진으로 오해할 수밖에 없었다는 엉뚱한 이은숙의 뒤를 따라오게 된 셈이었다.

박영진 실장의 목소리가 다시 들렸다.

─알겠어요. 이렇게 된 이상 무작정 조사만 하고 있을 수는 없을 것 같으니 닥터한의 동생이라도 직접 만나서 회유를 한번 해보는 것도 나쁘지 않을 것 같군요. 내가 갈 테니 정대리는 계속 닥터한의 여동생 뒤를 따라 동선을 보고하세요.

정인학이 머리를 끄덕였다.

"알겠습니다."

전화를 끊은 정인학이 가늘게 한숨을 쉬면서 이내 약간

멀어지고 있는 이은숙과 한유진의 뒤를 따랐다.

이은숙은 조금 거리가 멀어져도 눈에 띌 정도로 각별한 모습이었다.

10월의 신촌거리를 걷고 있는 노란색의 원피스를 입은 아름다운 여인의 모습은 식별이 너무나 편한 자태였다.

둘째딸과 함께 받아든 투명한 테이크아웃용 컵에는 향이 짙은 파인애플 주스가 가득 담겨 있었다.

주스에 띄워진 얼음 탓인지 한낮의 열기가 단번에 사라지는 느낌이었다.

"아, 시원해."

이은숙은 오랜만에 둘째딸과의 데이트가 너무나 즐거웠는지 자신도 모르게 탄성을 흘렸다.

노란색의 원피스를 입은 이은숙의 손에 들려 있는 역시 노란색의 파인애플 주스는 묘한 어울림을 만들어 내고 있었다.

한유진도 자신의 손에 들린 토마토 주스를 입으로 가져가며 한 모금 들이켰다.

둘레가 굵은 스트로를 통해 그다지 달지 않은 토마토 주스가 입안으로 가득 들어오자 한유진의 가슴도 상쾌해지는 느낌이었다.

주변을 지나던 사람들이 힐끗거리며 한유진과 이은숙을 바라보며 스쳐가고 있었다.

강의를 마치고 거리로 나온 근처 연홍대학교의 남학생들의 시선은 아예 노골적으로 한유진과 이은숙을 보며 발걸음까지 멈출 정도였다.

다행이 한유진이 다니는 한성대학교는 이곳에서 떨어진 곳이었기에 한성대 학생들이 보이지는 않았다.

그때였다.

"야, 한유진."

약간 놀란 듯 뾰족하게 소리치는 목소리에 한유진이 머리를 돌렸다.

한유진의 눈이 동그랗게 변해 있었다.

한유진의 눈에 가방을 멘 채 눈을 크게 뜨고 자신을 바라보고 있는 3명의 여학생들이 들어왔다.

모두가 한유진보다는 키는 작았지만 한눈에 보아도 여대생이라는 것을 알 수 있는 캐주얼한 복장이었다.

"어? 선미하고 예린이, 연아구나."

세 명의 여학생들은 한유진이 다니는 한성대학교 같은 학부의 같은 과 여대생들이었다.

한유진으로서는 생각지도 못했던 만남이었다.

선미라 불리는 여대생이 한유진의 앞으로 다가섰다.

"너 강의 마치고 달아나더니 여기에 있었어?"

한유진이 웃었다.

"그래."

그때 이은숙이 끼어들었다.

"유진이네 학교 친구들이니?"

이은숙의 말에 한유진이 머리를 끄덕이며 웃었다.

"응, 엄마. 같은 과 친구들인데 미팅 같은 거에 관심이 많아서 정작 공부는 되게 못해. 지금도 봐. 애들 지금 신촌에 있잖아? 호호."

"호호 그러니?"

이은숙은 둘째 딸 한유진의 통통 튀는 말투와 딸의 친구들이 마음에 든 듯이 하얀 이를 드러내고 시원하게 웃었다.

여대생들이 뾰족하게 소리쳤다.

"야, 한유진. 너가 서 있는 곳은 신촌이 아니냐?"

"야, 죽을래?"

"아휴 저게……."

여대생들은 한유진의 농담이 억울했는지 살짝 화난 표정으로 쏘아보았다.

그때 선미라 불린 여대생이 물었다.

"근데 방금 유진이 너 이분……."

말을 하면서 이선미가 힐끗 이은숙의 아래위를 훑어보았다.

신촌거리에서도 한눈에 확 뜨일 정도의 아름다운 이은숙의 모습이었다.

만약 한유진의 옆에 이은숙이 없었다면 세 여대생들도 한유진을 찾아내지 못하고 스쳐갔을 수도 있었을 정도였다.

이선미의 눈에 이은숙은 아무리 많이 보아도 자신들보다 한두 살 정도의 선배 정도로만 보일 뿐이었다.

이선미가 한유진을 보며 물었다.

"너 방금 이분을 엄마라고 불렀니?"

이선미의 말에 한유진이 웃으면서 대답했다.

"응, 맞아 우리 엄마야."

"뭐?"

"뭐야?"

세 명의 여대생들의 얼굴이 돌처럼 굳었다.

이은숙이 웃으면서 입을 열었다.

"만나서 반가워요. 유진이 엄마예요."

순간 여대생들의 표정이 멍해지고 있었다.

아무리 요즘은 성형미용술이 발달해서 중년의 여인이라고 해도 동안의 얼굴을 유지할 수 있다고 하지만 지금과 같은 상황은 있을 수 없는 일이었다.

한유진과 나란히 서 있으면 친구나 많아야 한두 살 나이 차이가 나는 언니쯤으로 보일 이은숙의 모습이었다.

더구나 한성대학교에서도 한성대 최고의 미녀로 인정받고 있는 한유진에 비해서도 모자라지 않을 정도로 아름다운 미모의 이은숙이었다.

"저, 정말 유진이 어머님이세요?"

한유진의 과 친구인 서예린이 하얗게 굳은 얼굴로 이은숙을 바라보았다.

이은숙이 웃으면서 대답했다.

"호호 맞아요."

"세상에……."

"나 소름끼쳤어."

세 명의 여대생들은 우연하게 마주친 한유진에게 이렇게 젊고 아름다운 어머니가 있다는 말에 할 말을 잊어버리고 있었다.

한유진의 친구 강연아가 다급하게 물었다.

"호, 혹시 유진이의 새어머님이세요? 유진이 아버님과 재혼을 하신 건가요?"

이렇게 젊고 아름다운 여인을 한유진이 엄마라고 부른다면, 한유진의 아버지가 젊은 새어머니와 재혼을 했어야만 타당하다고 생각한 강연아였다.

한유진이 눈을 동그랗게 떴다.

"뭐야? 울 엄마가 왜 새엄마야? 왜 그런 생각을 해?"

이은숙이 웃으면서 대답했다.

"아니에요. 유진이를 내가 낳았으니 새엄마가 될 수가 없지요."

이은숙은 둘째딸의 친구들이 자신을 보고 놀라는 것이 재미있고 신나는 느낌이었다.

모두가 자신의 아름다운 모습에 놀라는 것이 이은숙으로서는 마치 장난을 치는 듯한 기분이 들었다.

"유진이를 낳았다고요?"

이선미가 다급하게 물었다.

이은숙이 머리를 끄덕였다.

"물론이에요."

서예린이 큰 눈을 껌벅이며 물었다.

"죄송하지만 어머님 나이를 물어도 될까요?"

서예린은 이렇게 젊고 아름다운 한유진의 어머님이 도대체 몇 살인지 너무나 궁금해졌다.

이은숙이 대답했다.

"내가 큰딸 서영이를 24살에 낳았으니 올해 꼭 50살이네요."

"……."

"기가 막혀."

세 명의 여대생은 할 말을 잊은 듯 멍한 얼굴로 이은숙을 바라보고 있었다.

한편 한유진과 이은숙의 뒤를 따르고 있던 정인학은 두 사람과 약 10m 정도 떨어진 거리에서 마치 수다(?)를 떨고 있는 듯한 여대생들을 힐끗 거리고 있었다.

그가 조금만 더 가까이 있었다면 그토록 찾아내고 싶었던 한서영의 모친인 이은숙의 정체를 알아낼 수도 있었을 것이다.

강연아가 한유진을 보며 놀란 듯 눈을 깜박이며 물었다.

"정말 유진이 너네 어머니 맞으시니? 너무나 젊으셔서 난 유진이 네 친구라고 생각했어."

한유진이 생긋 웃었다.

"분명히 내 엄마야. 날 낳아주고 키워주신 우리 엄마."

한유진의 말에 세 명의 친구들이 눈을 껌벅이며 다시 한 번 이은숙을 바라보았다.

강연아가 한숨을 쉬듯 말했다.

"유진이 어머니를 보고 나니까 우리 엄마가 할머니처럼 느껴져."

이선미가 눈을 깜박이며 물었다.

"그렇게 젊음을 유지하는 비결이 뭐예요? 누구라도 어머니를 보면 유진이 친구라고 말할 거예요."

이선미의 얼굴에는 부러움이 가득했다.

이은숙이 웃으면서 대답했다.

"좋은 생각하면서 규칙적으로 잘 먹고 잘 자는 게 비결이라면 비결이겠지."

누구나 할 수 있는 일상적인 대답이었다.

이은숙은 맏사위인 김동하의 천명으로 인한 젊음이라는

것을 말할 수는 없었다.

서예린이 한유진을 보며 물었다.

"근데 넌 이곳에 어쩐 일이야?"

서예린은 한유진이 미팅이나 남자에 관심이 있다는 말은 들어본 적이 없었다.

학교에서도 남자를 마치 돌처럼 보는 도도한 학생이 바로 한유진이었기 때문이다.

한유진이 생긋 웃으며 입을 열었다.

"그냥 엄마랑 데이트 중이야."

한유진의 말에 세 여대생의 입에서 한숨이 흘러나왔다.

"부러워."

"나도."

"우리 엄마도 유진이 어머니처럼 아름답고 젊은 분이였다면 이렇게 데이트도 할 수 있을 텐데……."

세 여대생의 얼굴에 아쉬워하는 표정이 가득했다.

한유진이 세 명의 여대생을 보며 되물었다.

"근데 너희들은 이곳에는 무슨 일이야?"

서예린이 대답했다.

"넌 소식 못 들었니? 서진인터내셔널이라는 신생기업에서 이공계 전공자들과 함께 대규모의 외국어 전공 대졸 예정자 신입사원을 공개 채용한다는 소식 말이야. 채용 인원만도 몇 백 명이 넘을 것이라고 하던데… 신생기업이지만 회사소개란에 합격과 동시에 몇 개월의 연수기간만 지나면 정사원으로 등록되고 대우도 국내 최고의 대기업과 같은 수준을 보장한다고 했어. 그 회사의 본사가 이곳 신촌에 있어. 지원서를 받으러 왔다가 유진이 널 만난 거야.”

한유진이 눈을 동그랗게 떴다.

“서진 인터내셔널?”

서진이라는 이름에 한유진이 놀란 표정을 지었다.

이은숙도 놀란 듯 눈을 동그랗게 떴다.

서진이라는 이름이 두 여자에게 주는 느낌은 상당히 묘했다.

눈치 빠른 이선미가 물었다.

“왜 놀래?”

한유진이 대답했다.

“응, 우리 아빠 회사가 서진무역이라는 회사거든. 아빠 회사의 이름과 같은 회사라서 좀 놀랐어.”

강연아가 눈을 껌벅였다.

“서진무역?”

“응.”

“내가 듣기로는 서진인터내셔널의 모기업이 서진무역이라고 적혀 있던 것을 본 것 같은데.”

강연아의 대답은 한유진과 이은숙을 멍하게 만들었다.

“서진무역이 서진인터내셔널의 모기업이라고?”

조선남자
朝鮮男子

"응, 신입사원 채용공고에 올린 회사약력에 그렇게 적혀 있었던 것 같아. 뭐 무슨 외국의 시스템 회사와 합작으로 설립하는 회사가 서진무역인가 그랬던 것 같아. 정확하게 기억나진 않지만 말이야."

서예린이 잠시 한유진을 바라보다가 물었다.

"유진이 넌 서진 인터내셔널이라는 신생그룹에서 신입 사원 채용에 지원하라는 메일을 받지 못했니?"

한유진이 머리를 흔들었다.

"못 받았는데."

"그럴 수가 있니? 이공계 전공 학생들과 우리처럼 외국 어 전공하는 졸업을 앞둔 학부생들에게는 다 신입사원에 지원하라는 메일이 발송되었다고 하던데."

서예린이 이상하다는 듯이 한유진을 바라보았다.

한유진이 눈을 껌벅이고 있었다.

지금처럼 대학졸업을 앞두고 있는 사회초년생들에게는 취업이 제일 큰 문제였다.

졸업 전에 취업이 확정되는 것이 최대의 행운이라고 생 각하고 있을 정도였다.

당연히 한유진도 졸업 후 취업에 대해서 생각하고 있었 던 참이었기에 자신에게도 서진 인터내셔널이라는 곳에 서 지원요청을 하는 메일이 왔다면 당연히 친구들처럼 당 연히 지원했을 것이다.

그때였다.

자신의 전화기로 무언가를 검색하던 이선미가 전화기를
내밀었다.

"봐, 여기에 적혀 있어. 예린이 말처럼 서진 인터내셔널
은 미국의 레이얼 시스템이라는 세계 제일의 시스템 설비
회사와 한국의 서진무역이라는 회사가 합작으로 설립하
는 회사래. 자본금만 25억불이 넘는 대규모 기업인데…
회사의 대표는 한종섭 사장이라고 적혀 있어."

이선미의 말에 한유진과 이은숙이 놀란 얼굴로 서로의
얼굴을 마주보았다.

"엄…마."

한유진은 좀 전에 자신의 귀에 들렸던 친구 이선미의 말
을 믿을 수가 없었다.

그것은 이은숙도 마찬가지였다.

이은숙이 약간 더듬거리는 목소리로 물었다.

"조, 좀 전에 그 서진 인터내셔널의 사장이 누구라고 했
어요?"

이선미가 머리를 갸웃하며 대답했다.

"한종섭 사장이요."

이선미의 대답을 들은 이은숙의 표정이 변했다.

조금 전까지 너무나 온화하고 우아한 미소를 머금고 있
던 이은숙의 표정이 이제는 얼음장처럼 차갑게 변했다.

그것은 한유진도 마찬가지였다.

서예린이 두 사람의 얼굴을 보며 놀란 듯이 물었다.

"아는 이름이니?"

서예린처럼 두 사람의 얼굴을 살피던 강연아가 살짝 입을 벌렸다.

"그러고 보니 유진이의 성이 한씨잖아. 그리고 유진이 아빠가 아까 서진무역이라는 곳을 다닌다고 했던 것 같은데…….."

강연아는 한유진의 아빠를 서진무역의 직원으로 생각해서 한종섭 사장이 설마 한유진의 아빠일 거라고 생각하지 못했다.

한유진이 굳은 얼굴로 입을 열었다.

"우리 아빠 이름이 한자, 종자, 섭자를 쓰시는 분이야."

"뭐?"

"뭐라고?"

세 명의 여대생의 얼굴이 하얗게 변했다.

하지만 한유진의 아버지가 서진 인터내셔널의 사장이라는 것은 믿어지지 않았다.

"유진이 네 아빠가 서진 인터내셔널의 사장님이시니?"

한유진이 머리를 흔들었다.

"몰라."

"모른다고?"

이선미가 눈을 껌벅이며 물었다.

하지만 이내 약간 실망한 듯 머리를 흔들었다.

아빠가 사장이라는 것을 딸이 모른다는 것은 있을 수 없는 일이었기 때문이다.

더구나 눈치를 보니 한유진의 어머니 이은숙도 모르고 있음이 분명했다.

아쉽지만 우연의 일치로 같은 이름을 쓰는 사람이라고 생각할 수밖에 없었다.

하지만 서진 인터내셔널의 모기업인 서진무역이 한서영의 아빠가 다니는 회사라는 것이 마음에 걸렸다.

어쩌면 같은 회사에 같은 이름을 쓰는 사람이 있을지도 모르는 일이었다.

이은숙이 굳은 얼굴로 물었다.

"학생들이 말한 서진 인터내셔널이라는 곳이 어디에 있나요?"

"신촌역 앞의 연흥대학병원과 마주보는 리치빌딩이에요. 그 건물 전체를 서진 인터내셔널 사옥으로 쓴다고 들었어요. 신입사원 공채지원서 접수창구는 빌딩 3층 신입사원 공채지원처고요."

이선미가 대답했다.

강연아가 끼어들었다.

"전에는 리치빌딩으로 불렀지만 지원서 받으러 갈려고

확인해 보니 지금은 영진빌딩으로 바뀌었다고 했어요. 그리고 영진빌딩이 서진 인터내셔널의 본사사옥이라고 말해주더라고요."

"영진빌딩?"

이은숙의 눈이 반짝였다.

잠시 뭔가를 생각하던 이은숙이 입을 열었다.

"지금 그곳에 입사지원서를 받으러 가던 길이었나요?"

"네. 지원자들이 많아서 서둘지 않으면 좀 많이 기다려야 할지도 모른다고 들어서요."

"네. 졸업 전에 취업이 확정되어야 편하거든요."

세 명의 여학생들이 같은 대답을 했다.

이은숙이 입을 열었다.

"그럼 저도 함께 따라가도 될까요?"

이선미가 눈을 깜박였다.

하지만 이내 머리를 끄덕였다.

"물론이에요."

한유진도 입술을 잘근 깨물었다.

"나도 갈 거야."

한유진도 자신의 눈으로 어떻게 된 영문인지 확인하고 싶었다.

이은숙은 가슴이 두근거리는 것을 느끼고 있었다.

남편이 운영하고 있는 서진무역이 미국의 레이얼 시스템

과 깊은 관계를 맺고 있다는 것을 누구보다 잘 알고 있었
다.

그렇기에 서진 인터내셔널이라는 회사가 남편의 서진무
역과 반드시 상관관계가 있을 것이라고 생각했다.

더구나 서진 인터내셔널의 사장이 남편인 한종섭의 이름
과 같다는 것이 너무나 이상했다.

그것을 자신의 눈으로 반드시 확인하고 싶었다.

"그럼 같이 가."

서예린이 한유진의 팔짱을 꼈다.

이내 이은숙을 포함한 다섯 명의 여인이 새롭게 대한민
국에서 출범하는 신생기업 서진 인터내셔널의 본사 사옥
으로 향했다.

이곳에서 한유진의 친구들이 말한 서진 인터내셔널의 본
사사옥인 영진빌딩은 5분도 걸리지 않을 정도로 가까운
거리였다.

걸음을 옮기던 이은숙이 둘째딸 한유진이 모르게 전화기
를 꺼내어 남편의 전화번호를 눌렀다.

이내 신호음이 울렸다.

띠리리리릿—

띠리리리리릿—

길게 이어지는 전화벨 소리가 몇 번이나 계속되었지만
남편은 전화를 받지 않았다.

망설이던 이은숙이 전화를 끊으려는 순간 남편이 전화를 받았다.

 딸칵.

 ─나야. 무슨 일이야?

 이은숙의 눈이 번쩍 치켜떠졌다.

 "바빠요?"

 ─응, 무척 바빠. 별일 없으면 나중에 퇴근해서 이야기해.

 남편의 목소리는 비록 전화기로 듣고 있지만 무척이나 바쁜 느낌이 들었다.

 전화기 너머로 다급하게 소리치는 남자들의 목소리와 누군가 지시를 내리는 듯한 목소리까지 얹혀서 들려왔다.

 한순간 전화기에서 목소리가 사라지는 것으로 보아 남편이 전화기의 통화구를 손으로 막고 무언가 지시를 하는 듯했다.

 이은숙이 입술을 잘근 깨물었다.

 "당신……."

 이은숙의 표정이 매서워졌다.

 ─뭔데 그래? 차는 샀어? 예쁜 걸로 고른 거야?

 한종섭은 비록 바쁜 상황이었지만 단번에 아내의 목소리가 심상찮다는 것을 느꼈는지 목소리를 가다듬었다.

 이은숙이 잠시 망설이다가 이내 입을 열었다.

"아무것도 아니에요. 바쁘다니까 이만 끊을게요."

—알았어.

딸칵.

전화를 끊는다는 말에 다급하게 전화기의 중지버튼을 누른 듯 남편의 목소리가 사라졌다.

이은숙의 표정이 굳어졌다.

예전에는 아무리 바빠도 자신과의 통화는 반색을 하며 받아주던 남편이었다.

하지만 지금은 무엇이 그렇게 바쁜지 서둘러 전화를 끊는 것이 못내 수상하고 서운한 느낌까지 들었다.

이은숙은 들고 있던 가방에 전화기를 넣으면서 앞에서 걷고 있는 둘째딸 한유진을 바라보았다.

한유진도 무슨 낌새를 느낀 것인지 약간 표정이 굳어 있었다.

이은숙과 한유진의 머릿속은 복잡했다.

한종섭이 자신의 사업에 관한 일을 집에서는 좀처럼 언급하지 않는 것은 두 사람도 알고 있었지만 그렇다고 해도 남편과 관련된 일을 이렇게 외부인을 통해 듣는 기분은 참으로 묘한 느낌이 들었다.

그것은 서운함을 떠나 일종의 배신감 같은 감정으로 느껴지고 있었다.

좀 전까지 둘째딸과의 오랜만의 데이트에 마냥 신이 나

있는 모습 같았던 이은숙의 표정이 눈에 띄게 굳어졌다.

그녀의 발걸음이 조금 빨라졌다.

*　*　*

삐익.

인터폰의 벨을 누르자 맑은 여자의 목소리가 들렸다.

―네, 서진화 과장입니다.

한종섭 사장에게는 너무나 익숙한 목소리다.

한종섭 사장이 눈으로 컴퓨터의 화면을 살피며 물었다.

"연신전자 쪽은 어떻게 되었어?"

한종섭 사장이 물어보자 이제는 총무과 과장으로 승진한 서진화 대리의 낭랑한 목소리가 인터폰의 스피커를 통해 들려왔다.

―오후에 이강섭 대표가 직접 한신기계의 사장과 만나기로 했답니다. 조건은 우리가 제시한 조건을 그대로 받아들일 것 같다는 보고였습니다.

"그래?"

한종섭 사장의 미간이 좁혀졌다.

서진무역과 레이얼 시스템과의 합자 회사인 서진 인터내셔널이 설립되면서, 한종섭 사장은 그동안 마음속으로만 꿈꾸고 있었던 사업의 확장을 전격적으로 진행했다.

미국의 레이얼 시스템의 본사에서는 한국의 서진 인터내셔널이 추진하고 있는 사세 확장에 대해 모든 권한을 한종섭 사장에게 일임하고 있었다.

한종섭 사장으로서는 거칠 것이 없을 정도로 공격적인 사업 확장을 진행하고 있었다.

서진 인터내셔널이 설립되면서 한종섭 사장이 가장 먼저 추진한 것은 깊은 관심을 가지고 있었던 연신전자와 하양정밀을 인수 합병이었다.

중소규모이지만 대기업 못지않은 탄탄한 기술력의 토대와 타 업체와의 경쟁력이 충분하다고 검토된 연신전자와 하양정밀은 말 그대로 계란의 노른자와 같은 알토란 기업이었다.

다만 빈약한 자금과 뒤를 받쳐주지 못한 고지식한 영업 수완 등이 두 회사가 가진 경쟁력을 떨어트리는 요인이 되었을 뿐이다.

한종섭 사장은 연신전자와 하양정밀을 서진 인터내셔널로 인수합병하며 두 회사의 대표가 원한다면 고용직 사장으로 그대로 근무할 수 있다는 좋은 조건을 제시했다.

그 때문에 비록 연신전자와 하양정밀은 서진 인터내셔널의 계열사로 합병되었지만, 두 사장은 그대로 근무하고 있는 중이었다.

두 명의 사장뿐만 아니라 연신전자와 하양정밀에서 근무

하던 전 직원들도 본인들이 원한다면 그대로 회사에 남아 근무를 이어갈 수 있었고, 또한 지금까지 해왔던 근무경력도 그대로 인정해 주었다.

미래를 예측할 수 없었던 두 회사의 직원들에게는 그야말로 하늘에서 동아줄이 내려온 격이었다.

예전에는 꿈도 꾸지 못했던 회사의 부지확장과 추가설비의 영입을 비롯해 신입직원들까지 공개 모집할 정도로 바쁘게 돌아가고 있는 상황이었다.

한종섭 사장은 연신전자의 경우 이제는 사장대행이 된 이강섭 사장을 통해 연신전자와 인접해 있는 한신기계의 부지를 인수해 연신전자의 사세를 확장하게 만들라는 지시를 내렸다.

연신전자로서는 너무나 꿈같은 일이 진행이 되고 있는 것이었다.

한신기계의 부지를 인수하게 될 경우, 기혼 직원들의 복지를 위해 탁아소를 짓고 미혼 직원을 위한 사원 아파트를 지을 수 있을 거라는 소식은 연신전자의 전 직원들을 들뜨게 만들어 놓을 정도였다.

그러고도 남는 부지는 연신전자의 사옥을 확장할 부지로 이용될 것이었다.

사세는 두 배로 확장되면서 직원복지는 예전에는 상상하지 못할 정도로 좋아진 것에 합병된 연신전자의 전 임직원들은 말 그대로 밤낮을 잊은 채 일에 몰두했다.

연신전자뿐만 아니라 하양정밀도 비슷한 상황이었다.

하양정밀이 위치한 경기도 광명시의 외곽에 1만 5천 평의 부지를 매입해 서진 인터내셔널의 사원 연수원을 짓고, 하양정밀의 본사도 그곳으로 이전하기로 한 것이었다.

그렇지 않아도 좁은 부지에서 사세 확장이라고는 꿈도 꾸지 못했던 하양정밀로서는 눈물이 날 정도로 감격스러운 상황이 벌어졌다.

새로운 부지로 본사가 이전하게 될 경우 하양정밀의 사세는 4.7배라는 상상하지 못할 정도의 규모로 성장하게 될 것이다.

또한 예전에는 꿈도 꾸지 못했던 실험실과 연구동이 따로 구성이 될 것이다.

이미 설계가 끝난 초정밀 계측기와 차세대 재생에너지 설비의 생산도 진행할 예정이었다.

그 모든 것이 한꺼번에 진행이 되고 있는 상황이었기에 연신전자와 하양정밀로서는 그야말로 눈코 뜰 새도 없이 엄청난 폭무에 시달릴 정도였다.

하지만 서진 인터내셔널에서 신규직원들을 채용해서 배치해 준다는 약속을 해 주었기에, 두 회사의 전 직원들은 힘을 내서 업무에 매달리고 있었다.

한종섭 사장으로서는 그동안 상상만 하고 있었던 사업을

엄청난 자본금으로 추진할 수 있음에 혼신의 힘을 다하고 있는 중이었다.

그 때문에 업무를 마치고 집으로 돌아가면 말 그대로 파 김치가 되어 곯아떨어지는 경우가 많았다.

다만 그런 엄청난 업무를 추진하면서도 아내나 자식들에게는 자신이 벌리고 있는 사업에 대한 말은 단 한마디도 하지 않았다는 것이 문제였다.

아내나 자식들이 이런 사실을 알게 된다면 무척이나 서운해 할 것이라는 것을 잠시 잊고 있는 한종섭 사장이었다.

그로서는 복잡한 회사 일을 가지고 아내나 자식들을 번거롭게 하지 않게 하려는 단순한 의도였지만, 아내와 자식들이 이런 사실을 알게 된다면 어떤 일이 벌어지게 될 것인지는 계산하지 못했다.

"알았어. 계속 이강섭 사장과 연락해서 진행 상황을 모니터 해줘."

―네, 알겠습니다.

인터폰 통화를 마친 한종섭 사장이 다시 컴퓨터의 모니터를 들여다보려고 머리를 숙이는 순간 서진화 과장의 목소리가 다시 인터폰에서 울렸다.

―참, 회장님, 거성 쪽에 지급해야 할 하양의 생산설비 계약금 5억 4천만 원을 어떻게 할까요? 거성 쪽에서는 지

급시기를 좀 당겨줄 수 없는지 물어오는데요? 그쪽에서도 지금이 다급한 모양입니다.

서진화 과장은 이제 한종섭 사장을 회장님이라는 호칭으로 부르고 있었다.

서진화 과장뿐만 아니었다.

예전 서진무역의 전 직원들 모두가 한종섭 사장을 예전의 사장님이라는 호칭으로 부르지 않고 회장님이라는 호칭으로 부르고 있었다.

연신전자와 하양정밀을 합병하여 두 개의 계열사를 거느린 서진 인터내셔널의 한종섭 사장이었다.

그 때문에 회장님이라는 호칭이 마땅하다고 생각한 것이었다.

한종섭 사장이 머리를 들었다.

"그건 서 과장이 알아서 해. 그 문제까지 이제 내가 관여하지 않는다고 했던 것 같은데? 집행하고 집행 내역만 정리해서 올려. 서 과장은 이제 대리가 아니라 과장이란 말이야. 아마 조만간 부장 자리에도 올라야 할 테니 그 정도 일은 스스로 판단할 수도 있어야 할 거야. 그리고 거성 쪽이면 집행을 당겨주어도 나쁘지 않을 거야."

한종섭 사장의 말에 서진화 과장의 얼굴이 살짝 붉어졌다.

서진 인터내셔널이 합병한 하양정밀의 신사옥에 투입하

기 위해 발주한 생산설비의 자금이었다.

서진화 과장의 대답이 들렸다.

―알겠습니다, 회장님.

그때였다.

띠리리리리릿.

컴퓨터의 자판 옆에 놓아둔 한종섭 사장의 전화기가 울렸다.

한종섭 사장이 전화기를 바라보자 전화기의 화면에 최이사라는 이름이 떠올라 있었다.

서진 인터내셔널의 전신이었던 서진무역에서 관리부장이라는 직책을 가지고 있던 최영선 부장이 이제는 이사라는 직함으로 변해 있었다.

한종섭 사장이 입술을 살짝 핥으며 전화기를 들었다.

"여보세요? 최 이사?"

―예, 최 이삽니다 회장님.

전화기 속의 최영선 부장, 이제는 최 이사라 불리는 사내의 목소리가 살짝 흔들리는 느낌이 들었다.

그의 목소리를 듣는 순간 한종섭 사장의 가슴이 살짝 떨렸다.

자신으로서는 단 한 번도 관심을 두지 않았던 건설회사의 매입 건에 매달려 있던 최영선 이사의 전화였기 때문이다.

"어떻게 되었어?"

—미주종합건설이 우리 조건에 소유지분 전량을 인도하
겠다고 했습니다.

말을 하는 최영선 이사의 목소리에는 살짝 흥분한 기색
이 담겨 있었다.

그도 그럴 것이 계측기나 초정밀 시스템 설비에 관한 서
비스와 영업 관리만 해 오던 서진무역에서 아무런 관련도
없는 건설업체를 인수하게 될 것이라곤 생각지도 못했던
것이기 때문이었다.

한종섭 사장이 눈을 부릅떴다.

"정말 그 조건에 지분을 인도하겠다고 했나?"

—예, 현재 미주종합건설에서 가지고 있는 부채 4,641
억 원을 우리 서진에서 인수하고 미주종합건설의 지분인
도대금으로 840억 원을 지급하면 미주종합건설은 우리
서진의 소유가 됩니다. 그리고 현재 미주에서 진행하고 있
는 13개의 현장도 우리가 맡아야 한다는 조건이었습니다.

말을 하는 최영선 이사의 목소리가 살짝 떨리고 있었다.

한종섭 사장은 레이얼 시스템과 합자하여 설립된 서진
인터내셔널이 세계적인 글로벌 기업으로 성장하기 위해
서는 건설회사가 반드시 있어야 한다고 판단했고, 그 때문
에 합병이 가능한 건설 회사를 물색했다.

그 와중에 한때 대한민국 도급 순위 10위권에 들 정도로

1군 건설 업체에서도 상당한 명성을 가지고 있던 미주종합건설을 찾아낸 것이었다.

한때 대한민국 전역에 미주라는 이름이 들어가지 않은 건설 현장이 없다고 알려질 만큼 상당한 명성을 떨치고 있던 미주종합건설이었다.

하지만 수 년 동안 진행되어 왔던 건설업불황기와 부동산침체기, 그리고 경기도 안산시와 서울 강북구에서 진행하고 있던 건설현장의 붕괴사고와 대형 인재사고로 인해서 한순간에 엄청난 타격을 받아 나락으로 밀려난 것이었다.

더구나 현재 미주종합건설이라는 이름으로 진행되고 있는 13개의 대형 건설현장도 노동부에서 진행하는 대대적인 안전점검으로, 현재 공사가 전격적으로 중단이 되어 있는 상황이었다.

그 때문에 하루하루 막대한 손해를 감수해야 할 정도로 다급한 상황이 현재 미주종합건설이 처해 있는 전반적인 내부 사정이었다.

그리고 그 사실을 알아낸 서진 인터내셔널에서 미주종합건설을 인수계획에 들어가게 된 것이다.

미주종합건설이 안고 있던 근 5,000억 원이라는 엄청난 부채가 문제이긴 했지만, 한종섭 사장에게는 앞으로 서진 인터내셔널이 진행하는 사업으로 충분히 그 부채를 감당할 수 있을 것이라고 판단했다.

그리고 미주종합건설의 인수책임자로 최영선 이사를 내세운 것이다.

한종섭 사장이 이를 악물었다.

"그 조건이라면 당장 인수를 추진하도록 해."

—알겠습니다. 오늘 오후에 미주종합건설의 최태명 회장을 만나 미주 쪽의 지분인수 협상을 진행하겠습니다. 나중에 회사에서 뵙겠습니다.

최영선 부장의 목소리를 들은 한종섭 사장이 머리를 끄덕였다.

"알았어. 오후에 보지."

—그럼 계속 진행하겠습니다.

딸칵.

전화가 끊어졌다.

최영선 이사와의 전화가 끊어지자 한종섭 사장이 의자의 등받이에 몸을 기대며 몸을 젖혔다.

약간 피로한 표정이 한종섭 사장의 얼굴에 떠올라 있었다.

"잘난 사위와 딸 덕분에 막연하게 꿈만 꾸어왔던 일들을 실제로 내 손으로 진행하게 될 줄은 몰랐군."

혼잣말로 중얼거리는 한종섭 사장의 머릿속에 환하게 웃고 있는 딸 한서영의 얼굴과 담담한 얼굴로 자신을 바라보

고 있는 사위 김동하의 얼굴이 떠올랐다.

빙글 의자를 돌려 자신의 등 뒤로 보이는 창밖의 풍경을 바라보던 한종섭 사장의 어금니가 꾸욱 깨물렸다.

"대한민국뿐만 아니라 세계 제1의 글로벌 기업이 이곳에서 탄생이 될 거다."

나직하게 중얼거리는 한종섭 사장의 얼굴에는 단단한 남자의 결의가 느껴졌다.

＊　＊　＊

"저기 잠시 한 가지만 물어봐도 될까요?"

한유진이 한때는 리치빌딩으로 불렸던 영진빌딩의 3층 서진 인터내셔널 신입 공채사원 접수창구의 맞은편 안내 데스크 앉아 있는 20대의 여직원을 보며 물었다.

안내데스크의 맞은편 전면이 유리 칸막이로 막혀진 접수 창구의 안쪽에는 가슴에 서진이라는 로고가 박힌 유니폼을 입은 20여 명의 여직원들이 상당히 바쁜 모습으로 근무하고 있었다.

안쪽에서 근무하고 있는 여직원들은 그 누구도 한가해 보이는 사람이 없었다.

영진빌딩의 서진 인터내셔널 신입 공채사원 접수처는 한유진의 친구들 말대로 시장터처럼 붐비고 있었다.

지원서를 받으려는 사람들과 서류접수 후 접수번호가 찍힌 접수증을 받으려는 사람들, 그리고 경력직 사원들의 지원접수처의 창구까지 함께 섞여 있었기에 상당히 분주한 모습이었다.

　서진 인터내셔널의 공채에 지원하는 사람들은 자신들의 경력을 꼼꼼하게 작성한 공채지원서, 경력증명서, 그리고 본인이 가진 장단점을 서술한 자기소개서 등을 작성해서 제출해야 서류검토가 가능했다.

　1차 서류전형이 끝나면 2차로 실기시험을 치르고, 이후 마지막으로 3차 면접을 거쳐 공채신입사원으로 선발된다.

　물론 그 이후에도 신입사원 연수와 3개월간의 인턴업무를 거쳐야 정식으로 서진 인터내셔널의 정규직 사원으로 정식 입사가 결정되겠지만, 대부분 3차 면접을 거친 후면 최종합격이라 봐도 무방했다.

　안내데스크의 오른쪽 데스크에서 근무하던 여직원이 힐끗 머리를 들어올렸다.

　"서류 접수하러 오신 거라면 2번에서 7번 창구 중 아무 곳이나 접수하시면 됩니다. 경력직으로 지원하시려면 8번에서 10번 창구를 이용하시면 되고요."

　무척이나 부드러운 말투였다.

　간혹 접수서류를 준비하지 못했거나 접수창구를 혼동한

144

지원자들이 안내데스크에 문의를 해 오기에 친절하게 응대해야 했다.

여직원으로서는 한서영이 서진 인터내셔널의 신입사원 공채서류를 접수하러 온 여자로 생각했다.

한유진이 머뭇거렸다.

"서류는 없어요."

한유진의 말에 여직원이 머리를 들어올렸다.

잠시 한유진의 얼굴을 바라보던 여직원이 물었다.

"신입사원 공채 서류접수 하러 온 거 아니에요?"

여직원의 가슴에 걸린 사원증에 서진 인터내셔널이라는 로고와 사원 박미정이라는 이름이 선명하게 보였다.

한서영이 잠시 머뭇거렸다.

"그게 저는 아직 공채사실을 몰라서 준비를 못했어요."

친구 이선미나 서예린 그리고 강연아처럼 서진 인터내셔널의 신입사원 공채소식을 알았다면 서류를 준비했을 것이었다.

하지만 한유진은 아무것도 모르고 있었기에 서류를 준비할 틈이 없었다.

박미정이라는 여직원이 한유진의 얼굴을 힐끗 올려다보았다.

눈에 확 뜨일 정도로 아름다운 한유진이었지만 박미정은 한유진의 뒤쪽을 힐끔 바라보았다.

서류접수를 위해 줄을 서 있는 사람들을 확인하는 시선이었다.

각 접수창구마다 20여 명의 지원자들이 줄을 서 있는 게 보였다.

경력직 사원의 접수창구도 비슷한 규모였고, 제일 붐비는 쪽은 지원 서류를 배부하는 1번 창구였다.

박미정이 한유진을 보며 입을 열었다.

"서류 접수는 내일 오후 5시가 마감이에요. 서류를 접수하려면 저쪽 1번 창구에서 공채지원서를 받아 작성하고 나머지 서류를 갖추어 내일 오후 5시 전까지 접수하시는 것이 좋을 거예요. 마감시한을 넘기면 접수가 안 되니까 서둘러야 할 거예요."

바쁜 상황이었지만 박미정은 한유진에게 나름 친절하게 설명했다.

한유진이 머뭇거리며 입을 열었다.

"그보다… 좀 죄송한데 사장실이 몇 층인지 물어도 될까요?"

한유진의 말에 박미정 사원이 머리를 들었다.

"사장실이라고요?"

"네."

한유진이 머리를 끄덕였다.

박미정이 눈을 깜박이며 한유진을 바라보다 입을 열었다.

"그건 왜 묻는 거예요?"

박미정 사원의 눈이 미심쩍은 표정을 담고 한유진을 바라보았다.

공채를 통해 입사를 하려는 것이 아니라 회사의 고위임원의 입김을 통해 낙하산으로 입사하려는 지원자가 있다는 소문은 서진 인터내셔널의 직원들 사이에서도 은밀하게 떠돌고 있는 소문이었다.

박미정 사원은 한유진도 그런 사람일지 모른다는 생각을 한 것이었다.

하지만 그렇다고 해도 서류는 반드시 접수해야 하는 것이 정상적이었다.

서류접수도 하지 않고 이런 식으로 사장실을 묻는 것은 박미정 사원으로서도 처음이었다.

한유진이 머뭇거렸다.

"그게… 개인적인 사정이 있어서 그래요. 여기 각층의 부처알림판에도 사장실은 표시가 되지 않아서 물어보는 거예요."

리치 빌딩이었을 때는 각 층마다 입주한 사무실이나 부처의 이름 등이 적힌 안내판이 걸려 있었다.

하지만 서진 인터내셔널이 리치 빌딩을 인수해서 서진 인터내셔널의 본사사옥으로 사용하면서 안내판은 제거가 되어버린 상황이었다.

아직 정확하게 부서의 층별 배정이 완료되지 않아 준비를 하지 못한 상황이었던 것이다.

한유진의 말에 박미정 사원이 눈을 껌벅였다.

그때였다.

"유진아."

이름을 부르며 한유진의 등 뒤로 다가서는 사람은 한유진의 어머니 이은숙이었다.

신입사원 공채지원서 접수로 붐비는 접수창구에 들어오지 못하고 3층 복도에서 기다리고 있던 이은숙이 한유진을 따라 안으로 들어온 것이다.

박미정 사원이 놀란 듯 이은숙을 바라보았다.

한눈에 보아도 눈이 확 뜨일 정도로 아름다운 이은숙이었다.

한유진이 머리를 돌렸다.

"응. 엄마."

같은 또래의 여자를 향해 엄마라고 부르는 한유진의 말에 박미정 사원이 놀란 듯 눈을 동그랗게 떴다.

"복잡한데 밖에서 기다리지 뭐 하러 들어왔어?"

한유진은 이은숙이 혼잡스러운 접수창구로 들어온 것이 불편할 것 같아 걱정되었다.

이은숙이 대답했다.

"밖에도 복잡한 것은 마찬가지야. 날 보며 힐끔거리는

것도 싫고…….”

이은숙은 3층의 복도 밖에 서 있던 중 자신을 힐끗 거리며 접수창구로 들어가는 자식또래의 젊은 남자들의 시선이 부담스러웠다.

이은숙이 박미정 사원과 한유진을 번갈아 보며 물었다.

“사장실은 물어봤니?”

이은숙 의 말에 한유진이 박미정 사원을 보며 입을 열었다.

“사장실이 어딘지 말씀해 주시겠어요?”

박미정 사원이 더듬거렸다.

“저희 사장님과 아시는 분이세요?”

이은숙이 박미정 사원을 보며 입을 열었다.

“여기 서진 인터내셔널의 사장님이 혹시 예전에 서진무역의 사장님이신가요?”

“그게…….”

박미정 사원의 눈이 깜박였다.

박미정 사원이 잠시 생각하다가 입을 열었다.

“우리 사장님은 예전에는 서진무역의 기술고문이신 분이세요.”

순간 이은숙의 눈이 조금 커졌다.

“혹시 유한선 고문님을 말씀하시는 건가요?”

“네.”

박미정 사원은 눈앞에 보이는 너무나 아름다운 젊은 여인이 유한선 사장을 알고 있다는 것이 놀라웠다.

　자신이 이곳에 입사한 이후 회사의 내력을 알게 되며, 지금의 사장이 회사의 전신인 서진무역의 기술고문의 직책에 있었던 사람이라는 것도 알게 된 것이다.

　그런 유한선 사장을 너무나 아름다운 젊은 여인이 알고 있다는 것이 놀라웠다.

　이은숙이 다시 물었다.

　"그럼 한종섭 사장님은?"

　박미정 사원이 대답했다.

　"그분은 회장님이세요. 회사설립 초기에 만들어진 회사 안내문에는 사장님으로 표시되어 있지만 곧 회장님으로 정정해서 바뀔 거예요."

　한유진의 친구들이 본 서진 인터내셔널의 안내문에는 한종섭 사장이라고 안내되어 있던 것이 초창기의 서진 인터내셔널의 안내문이었다.

　당연히 있어야 할 한종섭 사장의 얼굴 사진도 올려 지지 않았던 것도 그런 이유였다.

　박미정 사원의 말에 이은숙과 한유진의 시선이 마주쳤다.

　두 여인의 눈이 사슴의 눈처럼 커져 있었다.

　이은숙이 약간 굳어진 얼굴로 입을 열었다.

"그럼 그 회장님이 계시는 곳이 어딘가요?"

"누구신데……."

박미정 사원이 약간 경직된 표정으로 물었다.

그때였다.

"미정 씨, 뭐해? 지원서 배부처 혼잡스러운 거 정리해야
해."

같은 안내데스크에서 근무하는 여직원이 또다시 밀려든
공채사원 지원자들을 보며 끼어들었다.

박미정 직원보다 한두 살 많아 보이는 여직원의 가슴에
는 유선영이라는 이름이 적힌 직원증이 걸려 있었다.

박미정 직원이 머리를 돌리며 대답했다.

"언니, 이분들이 회장님을 찾으셔."

"뭐?"

유선영 직원이 놀란 듯 눈을 동그랗게 떴다.

공채지원서 배부창구는 조금만 정리하지 않으면 금방 혼
란한 상황으로 바뀌는 곳이다.

그 때문에 안내데스크에서 근무하는 직원들이 수시로 그
곳을 정리해야 했고, 지금이 바로 그 순간이었다.

그런 상황에서 뜬금없이 회장님을 찾는 사람들이 있다는
말에 유선영 직원이 놀란 것이었다.

유선영 직원이 이은숙과 한유진을 보며 눈을 깜박이다
물었다.

"저희 회장님과 어떻게 되는 사이인지 물어도 되겠습니까?"

똑 부러지는 듯한 깔끔한 말투였다.

이은숙은 잠시 망설이다가 입을 열었다.

"두 사람이 회장님이라고 부르는 한종섭이라는 사람이 제 남편이에요."

"네?"

유선영 직원과 박미정 직원의 눈이 찢어질 듯 부릅떠졌다.

"전 그분 딸이에요."

한유진까지 끼어들었다.

유선영 직원이 놀란 얼굴로 다시 물었다.

"회, 회장님 사모님과 따님이시라고요?"

이은숙이 머리를 끄덕였다.

"여기 한종섭 회장이라는 분이 예전의 서진무역의 사장이셨던 한종섭 씨라면 틀림없이 그럴 거예요."

"세상에……."

유선영 직원의 눈이 커지고 있었다.

서진 인터내셔널의 한종섭 회장님이 무척 젊은 사람이라는 것은 알고 있었지만, 이렇게 아름다운 부인이 있을 것이라곤 생각지도 못했던 유선영 직원이었다.

더구나 유선영 직원이나 옆에 서 있는 박미정 직원은 아

직 단 한 번도 한종섭 회장님의 얼굴을 본 적이 없었다.

잘생기고 헌칠한 미남이라는 말은 들었지만 실물을 본 적이 없었기 때문이다.

이은숙이 다시 물었다.

"다시 물어볼게요. 회장실이 어딘가요?"

그때였다.

"어이구, 여긴 왜 이렇게 혼잡해? 이거 누가 정리 좀 해야 할 것 같은데?"

공채직원 서류접수창구가 있는 3층의 창구접수처로 건장한 양복차림의 사내가 들어서며 주변을 둘러보고 있었다.

그의 시선이 막 회장실을 물어보려는 이은숙의 시선과 마주쳤다.

사내의 몸이 딱 굳어졌다.

"사, 사모님!"

3층의 접수창구로 들어선 사람은 서진무역에서 과장으로 근무하던 김기덕 과장이었다.

그는 서진무역이 레이얼 시스템과의 재협상으로 자금사정이 풀리고 레이얼 시스템에서 막대한 자금이 집행되자 직원들의 요청으로 벌어진 회식 때 한종섭 사장의 호출로 그의 부인 이은숙이 회식자리에 참석했던 것을 잊지 못하고 있었다.

김기덕 과장으로서는 입이 쩍 벌어질 정도로 아름다웠던 이은숙을 그제야 확인했던 것이다.

한종섭 사장님만 젊어진 것이 아니라 부인인 이은숙까지 마치 20대의 젊은 아가씨의 모습으로 변신해 있었던 것은 너무나 큰 충격이었다.

더구나 단순하게 젊어진 것뿐만 아니라 남자라면 누구나 감탄을 터트릴 정도의 너무나 아름다운 여인으로 변해있었기에 가슴이 철렁 내려앉을 정도였다.

누구라도 이은숙을 4명의 자녀를 낳은 50대의 여인으로 볼 수가 없을 만큼 아름답고 젊게 변한 사장님의 사모님이었다.

그런 사모님이 뜻밖에 이곳 신입사원 공채지원 접수처에 나타날 것이라곤 생각지도 못한 김기덕 과장이었다.

이은숙도 놀란 얼굴로 김기덕 과장을 바라보았다.

"어머. 김 과장님 아니세요?"

이은숙의 놀란 눈이 커지고 있었다.

김기덕 과장이 더듬거렸다.

"사, 사모님이 여긴 어떻게……."

김기덕 과장은 이제 과장이 아니라 서진 인터내셔널 총무부 인사팀장으로 차장의 직책에 올라 있었다.

유선영 직원이 급하게 입을 열었다.

"차장님! 이분이 회장님의 사모님이라고 하셔서……."

유선영 직원이 놀란 얼굴로 김기덕 차장을 바라보자 김기덕 차장이 다급하게 입을 열었다.

"뭐해? 어서 인사해? 회장님 사모님이셔."

"네?"

유선영 직원이 놀란 얼굴로 머리를 들어올렸다.

옆에 서 있던 박미정 직원도 놀란 얼굴로 다시 한번 이은숙과 한유진을 바라보았다.

두 사람이 급하게 이은숙과 한유진을 향해 이마를 숙였다.

"모, 몰랐습니다!"

"죄송합니다!"

두 여직원은 심장이 떨어질 듯한 충격을 느끼고 있었다.

김기덕 차장이 아니었다면 두 사람은 어쩌면 이은숙과 한유진에게 상당한 무례를 범했을 수도 있을 거라는 생각이 들었기 때문이다.

이은숙이 약간 굳은 얼굴로 입을 열었다.

"그 사람 어디에 있어요?"

이은숙이 그 사람이라고 말한 사람이 누군지 김기덕 차장이 모를 리가 없었다.

"회, 회장님은 지금 좀 바쁘실 것입니다. 제가 회장님께 모셔다 드리겠습니다."

김기덕 차장의 말에 이은숙이 머리를 끄덕였다.

"그래요."

담담한 표정을 지으려 했지만 심장이 터질 듯 두근거리는 것을 이은숙은 느끼고 있었다.

생각지도 않았던 남편의 변화였다.

한유진 역시 마찬가지였다.

친구들을 통해 알게 된 서진 인터내셔널이라는 회사가 아빠의 회사라는 것도 놀랐지만, 아빠가 회장님이 되었다는 사실을 꿈에도 몰랐던 자신과 엄마라는 사실에 저절로 입술이 잘근 깨물리고 있었다.

한유진이 이은숙의 팔을 꼭 껴안았다.

한유진의 입술이 열렸다.

"엄마, 아빠 절대로 봐주지 마."

이은숙이 차게 웃었다.

"흥, 그럴 거야. 이 인간이 어디서 못된 것만 배워가지고……."

나직하게 중얼거리는 이은숙의 목소리에 냉기가 풀풀 피어나는 느낌이 들었다.

힐끗 머리를 돌리는 김기덕 차장이 두 여인의 눈에서 피어나는 냉기에 자신도 모르게 몸을 슬쩍 움츠릴 정도였다.

"가시죠."

"그래요."

김기덕 차장이 굳은 표정으로 앞장서서 접수창구를 나섰

고, 그 뒤를 이은숙과 한유진이 냉랭한 표정으로 따랐다.

그때 한유진을 부르는 소리가 들렸다.

"유진아, 어디 가니?"

공채사원 접수창구에 서류를 접수하는 것을 마친 한유진의 친구 이선미가 김기덕 차장을 따라 나서는 한유진을 보며 소리쳤다.

한유진이 몸을 돌려 입을 열었다.

"아빠한테 볼일이 있어서 가는 거야. 내일 학교에서 봐."

말을 마친 한유진이 이내 이은숙의 손을 잡고 걸음을 옮겼다.

그들이 향하는 곳은 엘리베이터가 있는 방향이었다.

회장실은 최상층인 39층이었다.

*　　*　　*

끼익.

천천히 굴러 들어온 흰색의 롤스로이스가 정확하게 아파트의 입구 쪽에 멈추어 섰다.

아파트 단지 내에서 쉽게 볼 수 없는 최고급 세단인 롤스로이스의 출현으로 인해 주변에서 사람들이 힐끗거리는 것이 느껴졌다.

롤스로이스가 멈추자 미리 도착해 있던 검은색의 국산

대형차에서 일단의 양복차림의 사내들이 다급하게 내려섰다.

차에서 내린 사내들은 롤스로이스를 중심으로 약간 떨어진 거리에서 빙 둘러서고 있었다.

누가 보아도 롤스로이스를 경호하는 듯한 움직임이었다.

사내들 중 한 명이 급한 걸음으로 롤스로이스를 향해 다가왔다.

지잉.

스르르르륵.

멈춰 선 롤스로이스의 뒤쪽 창문이 부드럽게 아래로 내려갔다.

열려진 창문으로 강퍅해 보이는 하나의 얼굴이 드러났다.

롤스로이스의 곁으로 다가선 양복차림의 사내가 허리를 숙였다.

"어서 오십시오, 회장님."

사내의 말에 롤스로이스의 뒷좌석에서 나직한 목소리가 흘러나왔다.

"이곳이냐?"

양복차림의 사내가 경직된 표정으로 대답했다.

"예, 회장님. 이곳 21층입니다. 정확하게 2107호입니다."

양복을 걸친 사내가 롤스로이스의 뒷 창문 옆에서 공손하게 입을 열었다.

반쯤 내려진 롤스로이스의 뒷 창문이 완전히 아래로 내려가면서 깡마른 인상의 냉혹한 얼굴이 완전히 드러났다.

김동하의 둘째사숙인 해진이었다.

해진의 눈이 높게 올라간 반포동의 다인캐슬 아파트를 올려다보고 있었다.

21층이 어디쯤인지 분간이 되지 않았지만 그것은 아무래도 상관이 없었다.

이곳에 도착하는 순간 너무나 익숙한 무량기의 기운을 읽었기 때문이었다.

롤스로이스의 조수석에 앉아 있던 해진의 아들 권휘가 몸을 돌려 아버지 해진의 얼굴표정을 살폈다.

"그놈이 살고 있는 곳을 살펴보시겠습니까?"

이미 권휘도 무량기의 기운을 읽어내고 있는 중이었다.

아버지 해진에게 해동무와 무량기를 익힌 후 나름 그 화후가 깊어져 무량기를 감지하는 것쯤은 어렵지 않았다.

해진이 롤스로이스의 창 옆에 서 있는 사내를 보며 입을 열었다.

"지금 이곳에 누가 살고 있느냐?"

사내가 대답했다.

"한성대학에 다니는 젊은 여대생이 혼자 머물고 있는 것으로 보고 받았습니다."

"여대생?"

해진의 미간이 깊어졌다.

사내가 대답했다.

"그 의사라는 여자의 동생인 듯합니다. 회장님."

"여자의 동생이라… 그놈에게 처제가 되겠군 그래."

해진이 혼잣말로 중얼거렸다.

차 옆에 서 있는 사내가 공손하게 다시 입을 열었다.

"얼굴이 예쁜 탓에 단지 내에서도 제법 유명세를 타고 있
는 여대생이었습니다. 그 덕분에 찾아내는 게 어렵지 않았
습니다."

"흠……."

해진이 눈을 반짝이며 다시 한번 위쪽을 올려다보았다.

눈으로 2107호의 위치를 찾으려 했지만 아래쪽부터 층
을 세어 헤아리기 전에 눈짐작으로 21층을 찾을 수는 없었
다.

해진이 어금니를 깨물며 입을 열었다.

"위치를 알아냈으니 그놈은 이제 내 손안에 들어온 것이
나 같다. 놈에게는 이곳에서의 인연을 하찮게 여기지 못할
것이니 조바심을 낼 필요도 없을 것이다."

조수석에 앉은 권휘가 머리를 돌려 아버지의 얼굴을 살
피며 물었다.

"그놈이 돌아오는 즉시 만나 보실 생각이십니까?"

권휘의 물음에 해진이 서늘하게 웃었다.

"그놈에게 이곳에서의 인연은 그놈을 옭아매는 끈이 될 것이다. 난 그 끈을 이용해서 그 하찮은 놈이 가진 것을 돌려받을 것이고…….”

해진의 눈이 차갑게 반짝였다.

김동하의 몸에 주어진 천명의 권능은 단 한 번도 해진의 것이었던 적이 없었지만 해진은 김동하가 가진 권능이 마치 자신의 것을 뺏긴 것처럼 이야기하고 있었다.

권휘가 웃었다.

"천성이 못나고 약해빠진 놈이었습니다. 그놈에게 이곳에서 만들어진 인연을 이용해서 겁박한다면 아버지가 원하시는 대로 이루어질 것입니다.”

권휘의 말에 해진이 아들 권휘를 바라보았다.

잠시 아들의 얼굴을 바라보던 해진이 입을 열었다.

"나는 이곳에서 새로운 세상을 열 것이다. 다만 그렇게 하기 위해서는 그 천한 놈이 가진 능력을 내 것으로 만들어야 할 것이다. 그 후에는 너와 나의 손에 의해 이 세상은 새로운 세상으로 바뀌게 될 것이다.”

말을 마친 해진이 창밖에 서 있는 사내를 보며 입을 열었다.

"이곳을 더욱 세심하게 감시해야 할 것이다. 천한 놈이

기는 하나 그놈도 배운 재주가 있으니 서툰 짓은 삼가야
한다.”

“명심하겠습니다, 회장님.”

양복을 걸친 사내가 정중하게 머리를 숙였다.

해진이 머리를 끄덕였다.

김동하가 살고 있는 곳의 위치를 알아내었으니 이제는
김동하가 이곳으로 돌아오기만 기다리면 될 것이었다.

차원의 벽을 열고 넘어온 곳에서 김동하와 다시 만난다
는 것이 해진에게는 설레는 기대감을 안겨주었다.

“돌아가자.”

“예!”

롤스로이스를 운전하던 사내가 정중하게 대답했다.

부르릉.

차가 다시 움직이자 롤스로이스의 옆에 서 있던 양복차
림의 사내가 허리를 절반으로 접으며 롤스로이스를 향해
머리를 숙였다.

롤스로이스는 부드럽게 아파트의 앞을 다시 돌아 입구
쪽으로 향했다.

그때였다.

롤스로이스가 나가야 할 아파트의 출구 방향에서 두 대
의 승용차가 아파트 단지 안으로 들어섰다.

짙은 선팅으로 가려진 국산대형 승용차였다.

롤스로이스의 뒷좌석에 앉아서 앞을 바라보고 있던 해진의 눈이 살짝 찌푸려졌다.

마주보고 달려오는 차에서 해진의 무량기를 거슬리는 듯한 기감이 감지되었다.

"이건 뭐지?"

해진은 무량기에 섞이지 않는 묘한 기운을 느끼며 얼굴을 굳혔다.

무량기보다 강하지는 않지만 무량기에 비해 약하지도 않을 것 같은 이질적인 기감이었다.

조수석에 앉은 권휘 역시 해진과 같은 기감을 느낀 것인지 얼굴을 굳히고 있었다.

"아버지, 이건……."

권휘의 얼굴이 찌푸려졌다.

칙칙하지는 않지만 끈적이는 느낌이고 맑은 느낌은 아니지만 선명해 지는 느낌이 들었다.

더구나 기감 속에 마치 요녀와 같은 색정의 기운까지 담겨 있어서 조금 새로운 느낌으로 감지가 되었다.

부우우우우웅.

롤스로이스의 옆으로 두 대의 차량이 스쳐가고 있었다.

힐끗 머리를 돌리는 해진과 권휘의 시선에 창 쪽에서 바깥으로 시선을 던지고 있는 흑발의 젊은 여인과 안쪽에 앉은 나이든 사내의 옆모습이 보였다.

창밖으로 시선을 던지고 있는 젊은 여인의 아름다운 얼굴이 권휘와 해진의 눈에 스쳐갔다.

　차가 스치는 순간 권휘와 여인의 눈길이 찰나의 순간 마주쳤다.

　여인과 시선이 마주치는 순간 권휘는 가슴속 깊은 곳에서 마치 북소리와 같은 울림이 느껴졌다.

　권휘의 머릿속에 잠시의 순간이었지만 스쳐가는 여인의 맑은 두 눈이 낙인처럼 새겨졌다.

　해진이 굳은 얼굴로 입을 열었다.

　"염(艶)의 내기(內氣)다. 뜻밖이군. 이런 곳에서 저런 기운을 가진 계집을 보다니."

　권휘가 물었다.

　"염의 내기가 무엇입니까?"

　권휘의 물음에 해진이 대답했다.

　"태어나면서 수만 명 중에 하나 천성적으로 색염(色艶)의 자질을 타고난 여자가 가진 기운을 말하는 것이다. 그 기운을 가지고 살아가게 된다면 희대의 요부가 되거나 아니면 수많은 사내를 거느리며 색녀로 살게 될 것이다."

　"그렇습니까?"

　권휘가 놀란 얼굴로 해진을 돌아보았다.

　해진이 나직하게 입을 열었다.

"행여 다시 만나게 된다면 함부로 저 여인의 눈을 보지 말거라. 염의 기운이 워낙 강하여 사내라면 저 여인이 가진 색염의 기운을 벗어나지 못하고 치마폭에 쌓이게 될 것이다."

"재미있군요."

권휘가 흥미로운 듯 입술을 살짝 비틀어 올렸다.

해진이 혀를 찼다.

"허튼 생각을 하지 말거라. 저 여인을 가까이 하는 순간 네놈의 정혈이 말라 죽을 것이니 말이다."

해진은 여색을 밝히는 아들 권휘가 못마땅했지만 그렇다고 강제로 말리지도 않았다.

욕심이 많고 허황한 꿈을 꾸는 아들이지만 자신의 피를 이어받은 유일한 혈육이었다.

권휘가 몸을 돌리며 입맛을 다셨다.

이내 롤스로이스가 아파트 단지의 입구를 벗어났다.

앞을 바라보는 권휘의 머릿속에 잠시 스쳐간 색염의 기운을 가진 여인의 얼굴이 떠올랐다.

왠지 꼭 다시 만날 것 같은 생각이 드는 여인이었다.

부웅―

단지를 벗어난 차가 이내 속도를 올렸다.

"너도 느꼈느냐?"

염백천의 말에 염소하가 할아버지의 얼굴을 바라보았다.

염소하가 대답했다.

"강한 기운을 가진 자였어요. 대륙에서도 저 정도의 기운을 가진 자는 만나지 못했던 것 같아요."

염소하의 머릿속에 롤스로이스 조수석에 앉은 권휘의 얼굴이 떠올랐다.

1초도 되지 않을 정도로 짧은 시간 스쳐간 권휘였지만 그럼에도 염소하의 가슴속이 찌르르 울리는 느낌이 들었다.

염백천이 머리를 끄덕였다.

"그렇게 강한 기운을 가진 사람이 한국에 있을 줄은 몰랐구나. 소하 네가 가진 염정(艶精)이 흔들릴 정도라니 놀랍군 그래."

염백천의 말에 염소하가 이를 드러내고 하얗게 웃었다.

"다시 만나게 될 것 같아요 할아버지."

염소하의 웃는 모습을 본 염백천이 머리를 흔들었다.

"함부로 가까이 하지 말거라. 네가 가진 염정으로 붙들어 놓기에는 너무 기운이 크다."

염백천의 이마에 주름살이 패었다.

두 조손이 나누는 대화는 다른 사람이 듣는다면 언뜻 이해하기 어려운 말이었다.

하지만 염백천과 염소하는 자신들이 서로 엉뚱한 사람을 비교하고 있다고 생각하지 못했다.

염백천이 느낀 것은 롤스로이스에 타고 있었던 해진의 기운을 읽고 말한 것이다.

하지만 염소하는 해진보다는 조수석에서 타고 있던 권휘를 보고 자신의 기운이 흔들린 것을 설명하고 있던 중이었다.

서로 다른 사람을 말하고 있었지만 두 사람은 그런 사실을 미처 감지하지 못하고 있었다.

염소하는 서로 시선이 마주친 권휘를 보는 순간 롤스로이스의 뒷자리에 앉아 있던 해진의 기감을 권휘의 기감으로 오해했다.

할아버지인 염백천처럼 청지림의 독문내공인 해천기공의 화후가 깊지 않았기에 해진의 기감을 권휘의 기감으로 오인한 것이었다.

손녀의 환한 웃음을 보면서 염백천은 미간을 좁혔다.

무언가 자신의 생각과는 다른 일들이 벌어질 것 같은 느낌을 받았다.

염백천의 내심을 모르는 것인지 염소하가 힐끗 뒤를 돌아보았다.

하지만 이미 스쳐갔던 롤스로이스는 아파트 단지를 빠져나갔는지 보이지도 않았다.

하지만 꼭 다시 만나게 될 것 같다는 생각에 염소희의 입가에 다시 묘한 미소가 걸렸다.

그것은 보는 사람들의 가슴을 떨리게 만들 정도로 너무나 짙은 색향(色香)이 가득 담겨 있는 미소였다.

변수

두두두두두두두─

레이얼가의 정원 위로 검은색의 헬리콥터 한 대가 천천히 내려앉고 있었다.

헬리콥터의 기체에는 '레이얼 시스템'이라는 글자와 회사마크인 엠블렘이 선명하게 박혀 있었고 헬리콥터의 꼬리 쪽에는 '1'이라는 숫자가 선명했다.

천천히 내려앉고 있는 헬리콥터를 조정하는 기장과 옆쪽에 앉은 부기장의 얼굴은 살짝 경직된 것처럼 보였다.

두 사람으로서는 오랜만에 토마스 레이얼 회장의 저택을 방문하는 셈이었다.

레이얼가의 저택에 헬리콥터가 착륙하는 경우는 그다지 많지 않았다.

토마스 레이얼 회장을 만나기 위해서 미 우주항공국의 고위관료가 찾아올 경우거나 아니면 고위급 미국 정부 관료들이 찾아올 경우에나 간혹 헬리콥터가 착륙한다.

토마스 레이얼 회장이 개인적인 업무로 헬리콥터를 이용하는 경우는 무척 드물었다.

특히 그가 혈액암으로 투병을 시작한 후부터는 아예 헬리콥터의 착륙은 중지되었던 상황이었다.

그 때문에 한동안 레이얼가의 저택에 헬리콥터가 착륙하는 광경은 볼 수가 없었지만 오늘 아침은 특별한 경우였다.

토마스 레이얼 회장의 혈액암을 완치시키고 그의 가족에게 새로운 삶을 살게 만들어준 두 사람의 은인들이 한국으로 돌아가기 때문이다.

두 사람의 귀국을 돕기 위해 토마스 레이얼 회장의 지시를 받은 현재 레이얼 시스템의 회장대행으로 임명된 데니얼 엘트먼 이사가 레이얼 시스템의 1호 헬기를 저택으로 보낸 것이다.

레이얼 시스템의 1호 헬기는 회장전용으로서, 토마스 레이얼 회장의 동생이었던 로빈 레이얼도 이용하지 못했던 헬리콥터였다.

형인 토마스 레이얼 회장이 혈액암 투병 중 사망을 했다

면 그가 이용할 자격이 있었겠지만 토마스 회장이 비록 투병중이라도 해도 임종이 확정되지 않은 이상 이용할 수는 없었다.

저택의 정원에는 헬리콥터의 착륙을 돕기 위해 저택에 머물고 있는 일단의 사람들이 지켜보고 있었다.

레이얼가 직원들의 수신호를 받은 헬리콥터는 오랜만의 저택착륙에 조심스럽게 하강했다.

로터의 회전으로 인해서 정원의 잔디풀이 사방으로 흩날렸지만 헬리콥터는 사뿐하게 레이얼가의 정원 한가운데 내려앉았다.

착륙을 마친 헬리콥터의 로터가 천천히 굉음을 줄이며 동시에 로터의 회전도 줄어들고 있었다.

저택의 바깥쪽은 헬리콥터에서 울리는 굉음으로 시끄러웠지만 저택의 내부는 조용한 이별이 진행되고 있었다.

"우리는 이제 이만 돌아가야 할 것 같습니다."

한서영이 2층의 게스트 룸에서 짐을 챙겨 레이얼 가의 저택 거실로 내려왔다.

그녀의 말에 토마스 레이얼 회장이 아쉬운 표정을 지으며 머리를 끄덕였다.

"아쉽군요. 좀 더 머물다 돌아가시면 좋을 텐데."

그의 시선이 한서영의 곁에 서있는 김동하의 얼굴을 바

라보았다.

단정하고 부드러운 얼굴의 젊고 잘생긴 동양인 남자의 얼굴이 토마스 레이얼 회장의 눈에 들어왔다.

겉보기에는 그저 잘생긴 것 외에는 특이할 만한 것을 느낄 수 없는 보통의 젊은 동양인 사내였다.

그 속에 신의 힘이 숨겨져 있을 것이라고는 누구도 상상하지 못할 것이다.

한서영은 토마스 레이얼 회장을 해치려 한 킹덤을 응징한데다 로빈 레이얼과 듀크 레이얼의 일을 매듭지은 이상 더 이상 미국에 남을 생각이 없었다.

미국이라는 곳이 낯선 곳이기도 했지만 어디 한곳 마음대로 외출도 하기 힘든 상황이었기에 서둘러 한국으로 돌아가고 싶은 생각뿐이었다.

더구나 세영대학병원에서 허락한 휴가(?)도 이제 거의 끝나가고 있는 상황이었다.

때문에 한국으로 돌아가는 것을 서둘렀다.

토마스 레이얼 회장의 아내인 안젤리나가 한서영과 김동하를 보며 입을 열었다.

"한국으로 돌아가는 즉시 결혼식을 올릴 예정인가요?"

안젤리나의 말에 한서영의 얼굴이 살짝 붉어졌다.

김동하와 결혼식을 올리겠다고 결심했지만 아직 구체적으로 확정된 것은 아무것도 없는 상황이었다.

그 때문에 한국으로 돌아가는 즉시 아빠와 엄마에게 도움을 청할 생각이었다.

한서영이 대답했다.

"한국으로 돌아가서 부모님과 상의를 먼저 해야 할 것 같아요. 구체적인 일정이 확정되면 꼭 회장님과 함께 한국으로 초대할게요."

옆에서 듣고 있던 회장의 딸인 에이미 레이얼이 서운해하는 얼굴로 끼어들었다.

"꼭 초대해 주세요. 무슨 일이 있어도 두 분의 결혼식에는 꼭 참석할 테니까요."

에이미 레이얼의 말에 토마스 레이얼과 안젤리나도 머리를 끄덕였다.

에이미는 반드시 한국을 한번이라도 방문해 볼 생각이었다.

30살이 넘은 나이였지만 거의 외부와는 담을 쌓고 살아온 에이미 레이얼이었다.

어떤 것에도 흥미를 느끼지 못한 채 마치 은둔생활과 같은 일상을 살아왔던 에이미 레이얼이 이제 한국에 대해 흥미를 갖기 시작했다.

그것은 토마스 레이얼과 안젤리나에게도 무척 다행한 일이라고 할 수가 있었다.

다만 에이미가 한국에 대해 흥미를 가지게 된 직접적인

이유가 바로 김동하 때문이었다는 것은 눈치채지 못했다.

결혼을 할 시기를 훨씬 넘겨버린 에이미 레이얼이 미국 남자가 아닌 멀고 먼 이역인 한국 땅에서 날아온 김동하에게 관심을 가졌다는 것은 한서영만 눈치채고 있었다.

토마스 레이얼이 한서영과 김동하를 바라보며 입을 열었다.

"그렇지 않아도 닥터한의 부친이신 한종섭 사장님과 한 번은 만나야 할 일이 있는데 닥터한이 초대해 준다면 기꺼이 받아들이겠습니다."

토마스 레이얼 회장은 레이얼 시스템과 한국의 서진무역과 합자한 회사인 서진 인터내셔널이 설립되었다는 보고를 이미 데니얼 엘트먼 이사로부터 받은 상황이었다.

다만 한서영과 김동하에게는 아직 그 말을 전하지 않았다.

자신의 생명을 살려준 두 사람에게 엄청난 보상금을 지불했고, 그 자금을 기반으로 서진 인터내셔널이라는 기업이 설립되었다는 것을 자신의 입으로 말하긴 어색했기 때문이다.

또한 지금까지의 한서영과 김동하의 성정으로 본다면 보상금을 거절할 수도 있을지 모른다는 생각이 들었기에 굳이 말하지 않았다.

한서영이 에이미를 바라보며 입을 열었다.

"에이미 언니가 한국에 오시기를 기다리고 있을게요."

에이미가 김동하에게 관심을 가졌다는 것을 눈치챈 한서

영이었기에 한국으로 돌아가는 즉시 김동하와 결혼을 할 생각을 굳힌 셈이다.

에이미가 하얗게 이를 드러내며 웃었다.

"제 마음 같아선 지금 당장 두 분과 같이 한국으로 가고 싶네요."

"호호 나중에 다시 만날 테니 그럴 필요가 있나요? 이렇게 오랜만에 가족분과 함께 소중한 시간을 보내는 것도 나쁘지 않을 거예요."

한서영의 말에 에이미가 머리를 숙였다.

"고마워요. 이렇게 우리 가족에게 다시 소중한 시간을 함께 할 기회를 주어서 말이에요."

에이미의 얼굴에는 진심으로 감사해 하는 표정이 떠올라 있었다.

한서영이 부드럽게 웃었다.

한쪽에 서 있던 피터 에반스 집사가 김동하와 한서영을 향해 정중하게 허리를 숙였다.

"두 분의 도움으로 회장님과 사모님이 새로운 삶을 살 수 있는 기회를 얻게 되었고 저 역시 또 한 번의 생을 살 수 있는 기회를 얻었습니다. 두 분께 다시 한 번 진심으로 감사를 드립니다."

에반스 집사의 얼굴에도 진심으로 고마워하는 표정이 떠올라 있었다.

한서영과 김동하가 그런 에반스 집사의 얼굴을 바라보며 부드럽게 마주 목례를 했다.

토마스 레이얼이 마지막 작별 인사를 하는 한서영과 김동하를 보며 입을 열었다.

"두 분께서 편안하게 한국으로 돌아가시는 것을 돕기 위해 공항에 준비를 해두었습니다. 아마 그다지 불편하지는 않을 겁니다."

그가 말을 마친 뒤에 피터 에반스 집사를 보며 입을 열었다.

"피터가 직접 두 분을 공항까지 모셔다 드리도록 해. 말콤 기장에게 따로 지시를 해두었지만 피터 자네가 다시 한 번 상기시켜 주고 돌아와."

에반스 집사가 고개를 끄덕였다.

"예! 회장님."

한서영이 눈을 깜박이며 말했다.

"굳이 그러실 필요 없어요. 그냥 우릴 공항까지만 데려다 주시면 되는데……."

자신들의 귀국을 돕기 위해 헬리콥터와 회장의 전용기까지 배정했다는 것을 집사로부터 들어서 알고 있는 한서영이었다.

한서영으로서는 난생 처음으로 헬리콥터와 회장전용기라는 비행기를 타는 호의가 마음에 부담이 되는 것도 사실

이었다.

토마스 레이얼 회장이 웃었다.

"저의 작은 성의라고 생각하시면 됩니다. 이런 성의라도 베풀지 않으면 제 마음이 불편해 질 것 같아서요."

한서영이 살짝 웃었다.

"알겠습니다. 회장님의 호의를 고맙게 받을게요."

"그럼 안녕히 돌아가십시오."

토마스 레이얼이 한서영에게 손을 내밀었다.

한서영이 토마스 레이얼 회장이 내미는 손을 가볍게 잡았다.

한서영과 악수를 마친 토마스 레이얼이 김동하에게도 손을 내밀었다.

김동하가 부드러운 표정으로 회장의 손을 마주 잡았다.

새로운 생명을 얻게 된 것인지 토마스 레이얼의 손은 따뜻하고 부드러웠다.

한서영과 남편과의 악수를 지켜본 안젤리나 부인이 한서영을 살짝 껴안았다.

"잘 가요. 그리고 꼭 다시 만나요."

"그래요."

안젤리나와의 포옹을 끝낸 한서영이 에이미 레이얼과의 포옹까지 마쳤다.

한서영과의 포옹으로 작별 인사를 끝낸 에이미가 약간

상기된 얼굴로 김동하에게도 포옹을 했다.

김동하가 약간 움찔했지만 이내 에이미의 포옹을 받아들였다.

김동하로서는 익숙하지 않은 작별인사였지만 그다지 싫은 느낌은 아니었다.

이내 인사를 마친 두 사람이 반례를 하며 몸을 돌렸다.

두 사람이 저택의 입구로 향하자 토마스 레이얼 회장 부부와 에이미 레이얼이 그들의 뒤를 따라 나섰다.

저택의 정원까지 배웅하는 셈이니 그렇게 많이 나가지 않아도 되는 셈이었다.

피터 에반스 집사가 한서영과 김동하가 든 가방을 받아들고 이내 앞장서서 저택의 정원으로 갔다.

한서영과 김동하가 저택의 문을 나서는 것을 본 헬리콥터의 로우터가 다시 돌기 시작했다.

두두두두두두두—

앞장서서 걷던 피터 에반스 집사가 입을 열었다.

"공항 쪽에는 미리 연락해서 두 분의 출국수속을 마쳤습니다. 공항에 도착하는 즉시 바로 출국하실 수 있을 겁니다."

한서영이 머리를 끄덕였다.

"알겠어요."

미국에서 토마스 레이얼 회장의 영향력은 상당한 수준이었기에 그 도움을 받은 셈이었다.

이내 두 사람이 헬리콥터에 탑승하자 마지막으로 피터 에반스 집사까지 헬리콥터에 올라탔다.

헬리콥터의 바깥쪽에 나란히 선 토마스 레이얼 회장과 안젤리나 부인 그리고 에이미 레이얼이 떠나는 두 사람을 손을 흔들어 배웅했다.

헬리콥터에 올라탄 한서영은 자신들을 배웅하는 토마스 레이얼 회장 가족을 향해 마주 손을 흔들었다.

무언가 빠트린 것이 있다는 것을 희미하게 느끼고 있었지만 그것이 무엇인지 정확하게 짚어내지는 못했다.

이내 헬리콥터가 천천히 이륙을 시작했다.

두두두두두두두두—

상승을 시작하는 헬리콥터의 창밖으로 거대한 레이얼가의 저택이 점점 멀어지면서 조금씩 작아졌다.

하늘에서 내려다본 레이얼가의 저택은 한서영이나 김동하가 상상했던 것보다 무척이나 크고 넓었다.

저택 본관의 뒤쪽 별채와 별채의 뒤로 이어진 정원은 무척이나 넓고 아름다웠다.

이내 헬리콥터가 북쪽으로 방향을 바꾸면서 저택과 멀어지기 시작했다.

한동안 한서영은 헬리콥터에서 멀어지고 있는 레이얼가의 저택에서 시선을 떼지 못하고 있었다.

"참! 깜박 잊고 있었어."

뉴욕의 라과디아 공항으로 날아가던 헬리콥터에서 한서영은 그제야 자신이 잊었던 것이 무엇인지 깨달았다.

헬리콥터의 소음을 막고 조종석과의 대화를 위해 헤드셋을 쓰고 있던 한서영이 큰 눈을 깜박이며 김동하를 바라보았다.

김동하가 머리를 돌려 한서영을 마주 바라보았다.

"뭡니까?"

"윤소정씨 말이야. 뭔가 찜찜했는데 이제 생각났어."

"아!"

김동하도 잊었다는 듯이 입을 살짝 벌렸다.

뉴욕에 머무는 동안 꼭 한 번 찾아와 달라고 윤소정이 간곡하게 부탁했지만 결국 만나지 못하고 떠나게 된 셈이었다.

한서영과 김동하를 다시 한번 만나는 것을 기다리고 있던 윤소정으로서는 무척이나 서운해 할 일이었다.

한서영이 눈을 깜박하다가 맞은편에 앉아 있는 피터 에반스 집사를 바라보았다.

"피터 아저씨, 부탁이 있어요."

한서영은 피터 에반스 집사를 피터 아저씨라는 호칭으로 부르고 있었다.

피터 에반스 집사가 대답했다.

"예, 무엇이든 말씀하십시오."

"혹시 데니얼 이사님과 전화 연결이 가능할까요?"

한서영의 말에 에반스 집사가 부드럽게 웃었다.

"물론입니다."

에반스 집사가 머리를 돌려 조종석을 바라보며 입을 열었다.

"본사에 연결해서 데니얼 엘트먼 이사님을 연결할 수 있겠소? 여기 두 분께서 데니얼 엘트먼 이사님과 통화를 하고 싶다고 하시는데."

집사의 물음에 헬리콥터를 조정하던 기장이 머리를 끄덕였다.

"알겠습니다. 왓슨, 본사를 호출해서 데니얼 회장님과 통화를 할 수 있도록 연결해 달라고 해."

"예."

기장의 지시를 받은 헬리콥터의 부기장이 헬리콥터에 설치된 통신장비의 버튼을 눌렀다.

이내 레이얼 시스템의 본사와 연결된 듯 무언가 대화가 오고갔다.

왓슨이라 불린 부기장이 머리를 돌려 헬리콥터의 천정에 달린 스위치 몇 개를 눌렀다.

한서영과 김동하의 머리에 쓰고 있는 헤드셋에서 묘한 신호음이 울리면서 음향이 달라졌다.

머리를 돌린 왓슨 부기장이 한서영과 김동하를 보며 입을 열었다.

"데니얼 엘트먼 대행회장님과 연결 중입니다. 연결이 되면 그대로 통화를 하시면 됩니다."

한서영이 머리를 끄덕였다.

"고마워요."

이내 한서영의 머리에 쓰고 있는 헤드셋에서 데니얼 엘트먼의 목소리가 들렸다.

―여보세요? 엘트먼입니다.

"이사님, 저 한서영이에요."

―아, 오늘 귀국하신다고 들었습니다. 직접 배웅을 해드려야 하는데 급하게 처리해야 할 회사일이 많아 시간을 내지 못했습니다.

헤드셋을 통해 들려오는 데니얼 엘트먼 이사의 목소리에 진심으로 미안해하는 기색이 담겨 있었다.

한서영이 살짝 웃었다.

"나중에 회장님과 함께 한국으로 오시면 그때 다시 만날 수 있을 거예요. 아마 그때는 엘트먼 이사님께도 반가운 선물이 기다리고 있을지 몰라요."

한서영이 힐끗 김동하를 바라보았다.

김동하도 한서영과 데니얼 엘트먼 이사의 대화를 듣고 있었다.

데니얼 엘트먼 이사의 웃음소리가 들렸다.

―하하 정말이십니까? 꼭 가겠습니다. 아내와 함께 두

분을 꼭 찾아가도록 하지요, 하하하.

데니얼 엘트먼 이사도 한서영이 말한 선물이 무언지 눈치를 챘다.

김동하의 입가에 살짝 미소가 걸렸다.

한서영과 데니얼 엘트먼이 말하는 선물이 어떤 것인지 알아차린 것이다.

데니얼 엘트먼 이사의 목소리가 다시 들렸다.

─근데 무슨 일입니까? 두 분께서 저와 급하게 통화를 하시고 싶다고 하셔서 좀 놀랐습니다.

"윤소정씨 말이에요."

─윤소정씨요?

데니얼 엘트먼은 잠시 윤소정이 누군지 잊었던 모양인지 단박에 알아차리지 못했다.

"한국에서 뉴욕까지 동행했던 한국항공의 윤태성 회장님의 따님 말이에요."

─아! 그 분 말이군요.

"네, 뉴욕에 있을 때 꼭 한번 만나자고 부탁하신 분인데 이렇게 떠나게 되어 그럴 수가 없을 것 같네요. 그러니 엘트먼 이사님이 그분께 연락해서 사정을 설명해 주시면 고맙겠어요."

─하하 그 문제라면 아무 문제가 없을 겁니다. 두 분께서 한국으로 돌아가시면 이유를 아시게 될 겁니다.

"네?"

한서영이 눈을 동그랗게 떴다.

—어쩌면 두 분께서 한국에 도착하시면 얼마 지나지 않아 한국에서 그분을 만나게 될지도 모르겠습니다. 그분께서도 다시 한국으로 돌아가실 것 같으니까요.

"그, 그런가요?"

한서영은 약간 어리둥절했다.

마치 데니얼 엘트먼 이사가 윤소정과 이미 연락을 하고 있었다는 느낌까지 들 정도였다.

데니얼 엘트먼 이사의 목소리가 다시 들렸다.

—두 분께 왜 그런지 사정을 설명해 드리고 싶지만, 그보다는 두 분께서 직접 한국으로 돌아가시면 절로 아시게 될 것이니 저는 말을 아끼도록 하지요 하하하. 하지만 부탁하신 대로 윤소정이라는 그분과 연락해서 두 분께서 전해달라는 말씀은 꼭 전해드리도록 하지요.

"그럼 부탁드릴게요."

—예, 다시 한번 두 분의 도움에 진심으로 감사드립니다. 안녕히 돌아가십시오.

데니얼 엘트먼 이사의 낭랑한 목소리에 웃음이 담겨 있었다.

데니얼 엘트먼 이사와의 통화가 끝났다.

그때까지 김동하는 단 한마디도 하지 않았다.

한서영과 데니얼 엘트먼의 통화가 끝났다는 붉은색의 통신 시그널이 깜박이자 부기장이 통신선을 끊었다.

한서영이 김동하를 바라보며 물었다.

"엘트먼 이사님의 말이 무슨 뜻인지 모르겠어. 우리가 모르는 일이 한국에서 벌어지고 있는 걸까?"

김동하가 대답했다.

"돌아가면 알게 되겠지요."

"무슨 일이 벌어지고 있는 것인지 궁금해."

한서영의 고운 눈이 살며시 찌푸려졌다.

한서영과 김동하로서는 자신들은 생각지도 못했던 일이 한국에서 벌어지는 것을 전혀 알지 못했다.

* * *

"아니 여보, 그게 아니라……."

한종섭 사장은 눈앞에 차가운 얼굴로 자신을 쏘아보고 있는 아내 이은숙을 바라보며 쩔쩔매고 있었다.

이은숙이 팔짱을 낀 자세로 남편 한종섭을 쏘아보았다.

"당신과 함께 한 이불을 덮고 자식 4명을 낳을 동안 수십 년을 살아온 나예요. 근데 날 속여요?"

고작 스무 살 중후반의 나이 정도로밖에 보이지 않는 이은숙과 한종섭 사장이었다.

그런 두 사람이 수십 년이라는 세월을 언급하니, 다른 사람이 듣는다면 젊은 남녀가 헛소리를 지껄인다고 황당하게 생각할 모습이었다.

차가운 표정으로 아빠의 얼굴을 쏘아보고 있는 한유진도 매섭기는 마찬가지였다.

"엄마와 난 아빠가 이런 사람인줄 몰랐어. 어떻게 가족에게도 숨겨?"

한유진은 아빠가 엄마와 가족 몰래 이렇게 엄청난 회사를 설립했다는 것이 믿어지지 않았다.

그리고 그것은 명백하게 엄마와 자식들을 기만한 아빠의 배신이라고 생각했다.

한종섭이 당황한 얼굴로 입을 열었다.

"그건 서영이와 동하가 돌아오면 모두 설명하려고 잠시 미뤄놓은 거야. 어쨌든 그 아이들 때문에 일이 이렇게 되어버린 것이니까."

한종섭은 아내가 이렇게 무섭게 느껴진 적은 단 한 번도 없었다.

지금까지 살아오면서 그 흔한 말다툼조차 손에 꼽힐 정도로 적었던 부부였다.

하지만 지금의 이은숙은 그야말로 얼음과 같은 냉기를 풀풀 날릴 정도로 사납게(?) 변해 있었다.

이은숙이 물었다.

188

"도대체 그 아이들이 뭘 어쨌다고요? 그리고 그날 회사 직원들과 회식을 하면서도 일언반구도 없었잖아요. 당신 나 몰래 딴살림 차리려고 한 거예요?"

한종섭이 손을 모아 살살 빌었다.

"그게 아니라는 것은 당신도 알잖아. 나한테 당신과 자식들뿐이라는 것은 누구보다 당신이 더 잘 알면서 그래?"

"그런데 마누라와 자식을 속여요? 당신이 어떤 일을 벌이고 있는지 당신의 입을 통해 듣는 게 아니라 다른 사람의 입을 통해 듣게 만들어요? 그게 얼마나 배신감을 느끼게 하는지 당신은 몰랐나요?"

이은숙의 말은 매섭고 싸늘했다.

한종섭이 손으로 자신의 이마를 훔쳤다.

이마에 고인 식은땀이 그의 손을 흥건하게 적시고 있었다.

"그게 하나하나 설명하기가 난감해서 서영이와 동하가 돌아오면 당신과 아이들에게 설명하려고 한 거야. 날 믿어 줘 여보, 서영엄마."

한종섭의 쩔쩔매는 해명을 듣는 이은숙의 표정은 여전히 차가웠다.

한유진이 끼어들었다.

"근데 한 가지 아빠에게 물어볼 것이 있어."

한종섭이 벌겋게 달아오른 얼굴로 한유진을 바라보았다.

"뭐, 뭔데?"

한유진이 매서운 얼굴로 아빠의 얼굴을 노려보다가 입을 열었다.

"우리 학교에 여기 서진 인터내셔널에서 신입직원 공채 모집에 관한 정보를 메일로 보낸 적 있지?"

"그게⋯⋯."

"우리 과 친구들은 다 메일을 받았는데 정작 나는 메일을 받지 못했어. 이거 설명해줘. 왜 나만 쏙 빼놓은 거야?"

한종섭이 잠시 한숨을 내쉬었다.

"사실 여기 서진 인터내셔널의 인사관리 팀에 전국의 각 대학교에 우리 서진 인터내셔널의 신입사원 공채에 관한 메일을 보내라고 지시했는데, 딱 한 군데만은 보내지 말아야 할 곳이라 하며 유진이 너의 메일주소를 알려주었다. 그 때문에 너한테는 메일이 가지 않은 것일 거야."

한유진이 아빠의 얼굴을 쏘아보며 다시 물었다.

"왜 나한테는 보내지 말라고 한 거야?"

"넌 다르니까."

"뭐?"

"넌 내 딸이니까. 취업문제보다는 좀 더 공부를 하게 해주고 싶었어. 네 성적이라면 공채에 지원하면 합격하는 것에 문제없을 것이 당연하니까 좀 더 대학생활을 누리다가 졸업하고 지원해도 될 거라고 생각한 거야. 네 엄마가 나 때문에 학교도 마치지 못하고 결혼을 한 것 때문에 늘 아

빠가 미안하게 생각하고 있었다. 그래서 너희들이라도 충분히 대학생활을 누리게 하고 싶었어. 회사에 취직하면 그 즉시 학창생활과는 다른 생존경쟁의 일선과 마주하게 된다. 아빠는 서영이가 인턴생활에 지쳐 씻지도 못하고 자는 게 마음 아팠는데 너까지 그렇게 하는 것이 싫었단다."

한유진이 이마를 찌푸렸다.

"아빠가 내 인생까지 다 살아줄 거야?"

"뭐?"

"내가 뭘 할 건지 어떤 결정을 할 것인지, 누굴 만나고 어떤 미래를 가지게 될 것인지 아빠가 다 결정해 줄 거냐고."

"그게……."

한종섭 사장의 얼굴에 미안해하는 표정이 떠올랐다.

단순하게 둘째딸이 좀 더 대학생활을 만끽하다가 세상 밖으로 나오길 바랐던 그의 마음이었다.

하지만 한유진은 그런 자신의 생각과는 다른 생각을 하고 있었다는 것을 느낀 것이다.

"아빠가 미안하다."

한유진이 눈을 깜박이며 입을 열었다.

"나도 지원할거야. 그러니까 아빠 마음대로 내 삶을 결정하지 마."

"그, 그래."

한종섭이 한숨을 불어냈다.

한유진은 아빠가 자신이 치열하게 살아가야 하는 세상 밖으로 나오는 것을 안타깝게 생각해서 그런 결정을 한 것을 이해했다.

하지만 그렇다고 해도 약이 오르는 것은 어쩔 수가 없었다.

이은숙이 남편 한종섭의 얼굴을 바라보며 다시 입을 열었다.

"서영이와 동하가 돌아오면 내막을 말해준다고 했지만 난 그때까지 기다릴 생각도 없고 참고 있을 마음도 없어요. 그러니 지금 모든 것을 털어봐요. 만약에 또 감춘다면 그때는 아마 당신은 평생 내 얼굴을 다시는 보지 못할 거예요."

이은숙의 말에 한종섭이 어금니를 질근 깨물었다.

아내의 말이 엄포가 아니라는 것을 누구보다 잘 알고 있는 그였다.

한종섭이 이은숙의 얼굴을 보며 머리를 끄덕였다.

"알았어. 다 설명해 줄 테니 화를 풀어 여보."

"화를 풀고 풀지 않고는 당신이 어떤 해명을 하는지에 따라 결정할 거예요. 그러니 지금 무슨 일이 일어난 것인지 모두 설명해요. 시간 많으니 차근차근하게 하나하나 모두 다 털어놔 봐요. 그리고 이것은 도로 가져가요."

탁—

이은숙이 가방에서 하얀 봉투 하나를 꺼내어 테이블 위

에 던지듯 내려놓았다.

봉투를 본 한종섭의 얼굴이 굳어졌다.

"여보. 이건……."

봉투는 한종섭이 아내에게 차를 사라고 건네준 돈이었다.

이은숙은 자신을 속인 남편이 차를 사라고 건네준 돈까지 도로 돌려줄 정도로 잔뜩 화가 난 것을 보여주었다.

한종섭의 얼굴에 난감한 표정이 떠올랐다.

큰딸 한서영과 사위 김동하가 돌아오면 모든 것을 설명하려고 했던 그의 속단이 이제는 수습하기에도 난감한 상황으로 치닫고 있었다.

한종섭이 아내인 이은숙 그리고 둘째딸 한유진을 바라보며 나직하게 한숨을 쉬며 입을 열었다.

"모두 설명해줄게."

한종섭이 어디서부터 시작해야 할지 난감한 표정으로 잠시 눈을 감았다가 떴다.

한편 사장실 밖에는 갑자기 들이닥친 사모님과 한종섭 사장의 둘째딸 한유진으로 인해서 팽팽한 긴장감이 흐르고 있는 상황이었다.

사장으로 승진한 유한선 고문을 비롯해서 이은숙을 사장실로 모셔온 김기덕 차장 그리고 과장으로 승진한 총무팀 서진화 과장 등.

예전 서진무역의 직원들이 긴장한 얼굴로 회장실 안에서

벌어지는 상황에 촉각을 세우고 있었다.

서진무역의 기술고문에서 이제는 서진 인터내셔널의 사장으로 승진한 유한선 사장이 중얼거렸다.

"한사장, 아니 한회장께서 사모님께 회사의 내부사정을 설명하지 않았다니 좀 의외로군."

김기덕 차장이 머리를 흔들었다.

"아까 공채지원접수처에서 사모님을 만났을 때 심장이 떨어지는 기분이었습니다."

서진화 과장이 머리를 흔들었다.

"어쩜 회장님은 가족한테까지 그런 것을 숨겨? 사모님이 잔뜩 화가 났던데……."

서진화 과장의 미간에 주름이 잡혔다.

그때였다.

똑똑―

회장실과 이어진 비서실룸의 문에서 노크소리가 들렸다.

아직 정식으로 회장비서실의 비서가 채용되지 않았기에 이번 공채선발 이후에 회장실과 사장실의 비서가 확정될 예정이었다.

그 때문에 현재의 비서실은 총무팀의 실질적 책임자인 서진화 과장이 한종섭 회장과 유한선 사장의 비서업무까지 대행하고 있는 중이었다.

그리고 회장과 사장의 비서진이 꾸려지면 서진화 과장은

부장으로 승진하도록 내정이 되어 있었다.

서진화 과장이 부장으로 승진하면 서진 인터내셔널의 내부조직이 확대 개편하여 비로소 정확한 부처가 확정된다.

모두의 시선이 입구로 향했다.

딸칵.

문이 열리면서 얼마 전에 합병한 연신전자에서 본사인 서진 인터내셔널의 총무팀으로 발령이 된 김하선이 굳은 얼굴로 안으로 들어섰다.

연신전자에서 근무하다 본사인 서진 인터내셔널로 발령된 김하선 대리는 연신전자에서도 탁월할 정도로 우수한 업무실력을 가진 직원이었다.

안으로 들어선 김하선 대리가 비서실 안에 서진 인터내셔널의 임원들이 모여 있는 것을 보며 놀란 듯 눈이 커졌다.

서진화 과장이 물었다.

"김대리가 여긴 무슨 일이에요?"

서진화 과장은 예전에 자신이 했던 업무 중 상당량을 김하선 대리에게 분담하고 있었기에 김하선 대리에게 상당한 호감을 가지고 있었다.

김하선 대리가 눈을 깜박이며 입을 열었다.

"손님이 찾아오셨어요, 과장님."

"손님?"

서진화 과장의 눈이 커졌다.

회장님의 사모님과 둘째따님이 찾아온 것도 모자라 이제 또다시 누군가 찾아왔다는 말에 서진화 과장의 얼굴이 굳어졌다.

“누굴 찾아온 손님이에요?”

서진화 과장의 물음에 김하선 대리가 대답했다.

“그게 회장님을 만나러 오신 분이에요.”

“회장님을 찾아오신 분이라고요?”

“네. 근데 그분이…….”

말을 하는 김하선 대리의 얼굴이 잔뜩 굳어 있었다.

서진화 과장이 다시 물었다.

“누구신데요?”

김하선 대리가 잔뜩 주눅이 든 얼굴로 대답했다.

“한국항공의 윤태성 회장님이세요.”

“뭐?”

“뭐?”

“누구라고?”

비서실에 모여 있던 사람들의 얼굴이 딱딱하게 굳어졌다.

이곳에 모인 사람들 중에서 한국항공의 윤태성 회장을 모르는 사람은 아무도 없었다.

대한민국 국적의 글로벌 항공그룹인 한국항공이라면 대한민국 재계서열의 10위권에 들 정도로 엄청난 대기업이었다.

그런 한국항공의 회장이 찾아왔다는 것에 놀라지 않을

사람은 없을 것이다.

서진화 과장이 급하게 문으로 다가서서 문을 열었다.

문밖에는 깔끔한 양복을 걸친 60대의 남자가 수행원으로 보이는 2명의 40대의 남자들 사이에 서 있는 모습이 보였다.

서진화 과장은 단번에 60대의 남자가 한국항공의 윤태성 회장이라는 것을 알아보았다.

"어, 어서 오십시오 회장님."

서진화 과장이 허리를 숙이며 정중하게 인사를 했다.

윤태성 회장이 눈을 깜박이며 서진화 과장을 바라보았다.

"나 윤태성이오. 조금 전에 여기 직원에게 서진 인터내셔널의 회장님을 뵈러 왔다고 말했는데… 미리 연락을 하고 왔으면 좋았겠지만 내일 오전 일찍 업무 차 일본으로 출국을 해야 해서 실례지만 이렇게 무작정 찾아온 것이오."

"알겠습니다."

서진화 과장이 공손하게 머리를 숙였다.

윤태성 회장이 서진화 과장의 모습을 이리저리 살피다 물었다.

"서진 인터내셔널의 회장님께 중요한 일로 내가 좀 뵙자 한다고 전해주시겠소?"

"알겠습니다. 바로 전해드리겠습니다."

말을 마친 서진화 과장이 몸을 돌렸다.

몸을 돌려 다시 회장비서실로 들어서는 서진화 과장은 등에 땀이 촉촉하게 젖을 정도로 놀라고 있었다.

한국항공의 윤태성 회장의 방문을 확인한 서진화 과장이 이내 회장실로 다가섰다.

안에서는 아까와는 달리 낮은 목소리로 도란도란 이야기를 나누는 소리가 들려왔다.

입술을 살짝 깨문 서진화 과장이 노크를 했다.

똑똑—

노크소리가 들리자 안에서 흘러나오던 이야기 소리가 멈추었다.

서진화 과장이 입을 열었다.

"서진화 과장입니다. 안으로 들어가겠습니다 회장님."

말을 마친 서진화 과장이 문의 손잡이를 돌리고 안으로 들어섰다.

딸칵—

열려진 회장실의 안쪽에는 소파에 마주앉은 한종섭 회장과 이은숙 그리고 한유진이 서진화 과장을 바라보고 있었다.

이은숙의 얼굴은 많이 누그러진 듯했다.

한종섭 회장이 물었다.

"무슨 일이야?"

서진무역 시절부터 눈치가 빠른 서진화 과장이었기에 한종섭 회장이 이렇게 가족과 대화를 나누고 있는 중에 함부

로 문을 여는 법이 없었다.

서진화 과장이 대답했다.

"손님이 찾아오셨습니다. 회장님."

"손님?"

한종섭 회장의 얼굴이 살짝 굳어졌다.

"누군데?"

서진화 과장이 상기된 얼굴로 힐끗 이은숙과 한유진을 바라보다가 입을 열었다.

"한국항공의 윤태성 회장님이십니다."

"뭐라고?"

한종섭 회장의 눈이 커졌다.

자신과 단 한 번도 만난 적 없었던 한국항공의 윤태성 회장이 찾아왔다는 말에 그의 얼굴이 굳어졌다.

이은숙이 일어섰다.

"유진이와 저는 돌아갈게요. 나중에 집에서 나머지 이야기 해줘요."

한종섭 사장이 머리를 끄덕였다.

"그, 그래."

"일 끝나면 어디로 새지 말고 바로 들어와요. 행여 핑계 대고 엉뚱한 곳으로 빠지면 알죠?"

다시 한번 사납게 눈을 흘기는 이은숙이었지만 아까와는 달리 많이 누그러진 모습이었다.

서진화 과장이 정중하게 이은숙을 향해 머리를 숙였다.

이은숙이 서진화 과장을 보며 살짝 웃으면서 입을 열었다.

"서대리가 이 사람 어디로 새지 않게 잘 감시해 줘요."

서진무역 시절부터 서진화 과장을 서대리로 불렀던 탓인지 이은숙의 호칭은 변하지 않았다.

이은숙의 말에 서진화 과장이 붉어진 얼굴로 머리를 숙였다.

"그런 일은 없어요, 사모님."

"호호 서대리만 믿을게요."

말을 마친 이은숙이 한유진을 향해 눈짓을 했다.

"우린 가자."

"응."

한유진도 자리에서 일어섰다.

밖으로 나가려던 이은숙이 조금 전에 자신이 던져놓은 돈 봉투를 힐끗 보다 손으로 집어 들었다.

"이걸로 유진이랑 맛있는 거 사먹을 거예요."

한종섭이 더듬거렸다.

"으, 으응 그래. 모자라면 말해, 더 줄게."

"됐어요."

짐짓 냉정한 듯 차갑게 말한 이은숙이 손으로 봉투를 들고 방을 빠져나갔다.

그녀의 뒤를 이어 한유진도 걸음을 옮기려다 서진화 과

장을 보며 입을 열었다.

"저도 여기에 공채지원을 할 건데 메일을 늦게 받아서 서류준비에 시간이 촉박해요. 그러니까 언니가 좀 도와줘요."

한유진도 서진무역 시절 아빠 회사에 용돈을 타기 위해 종종 들렀기에 서진화 과장을 잘 알고 있었다.

서진화 과장이 눈을 동그랗게 떴다.

"유진씨도 여기 공채모집에 지원한다고?"

"네."

한유진이 크게 머리를 끄덕였다.

서진화 과장이 힐끗 한종섭 회장을 바라보다가 머리를 끄덕였다.

"유진씨가 지원해 준다면 최고지. 걱정 마. 서류접수는 인사관리팀 소관이지만 내가 알아서 해 줄게."

"고마워요."

한유진이 생긋 웃으며 이내 이은숙을 따라 밖으로 나갔다.

한종섭 회장이 사무실을 나서는 아내와 딸의 뒷모습을 바라보다가 서진화 과장을 보며 입을 열었다.

"유진이 공채서류접수는 서과장이 알아서 진행해줘. 어차피 저놈이 지원한다면 떨어질 놈은 아니니까 말이야."

서진화 과장이 대답했다.

"알겠습니다."

"윤태성 회장님을 안으로 모셔."

"네."

짧게 대답한 서진화 과장이 몸을 돌렸다.

딸칵─

회장실로 이어진 비서실의 문이 열리면서 노란색의 원피스를 입은 젊은 여인과 그녀보다 약간 나이가 어려 보이는 청바지 차림에 간편한 티셔츠를 걸친 여대생이 방에서 나왔다.

윤태성 회장이 그녀들을 보며 눈을 껌벅였다.

한눈에 보아도 눈이 확 뜨여질 정도로 아름다운 두 여인이었다.

그녀들의 뒤를 따라 나온 서진화 과장이 이은숙을 보며 이마를 숙였다.

"안녕히 가세요 사모님."

서진화 과장의 인사를 받은 이은숙이 머리를 돌리며 생긋 웃었다.

"수고해요."

이은숙의 등장은 서진무역 출신의 임직원들을 긴장하게 만들기에 충분했다.

서진화 과장으로서도 한종섭 회장이 아내에게 지금처럼 곤경에 처한 장면은 처음으로 보았다.

한유진도 머리를 돌렸다.

"그럼 내일 뵐게요. 서대리님."

"그래요, 유진씨. 너무 걱정하지 말아요."

이미 한유진의 서류접수 문제는 서진화 과장이 알아서 해결해 줄 것이었기에 한유진으로서는 느긋하게 서류준비를 하면 되었다.

이은숙이 웃으면서 입을 열었다.

"내 딸이라고 봐주면 안 된다는 것 알죠?"

이은숙은 딸 한유진이 아버지가 회장이라는 배경으로 혹시나 회사에 문제가 생기는 것은 절대로 원하지 않았다.

한유진이 피식 웃었다.

"엄마는 내 실력을 못 믿어?"

"몰라. 난 내 딸이라도 배경보다는 당당하게 경쟁해서 들어가는 것을 원해."

"호호 공채시험도 제대로 치를 거고 면접도 제대로 할 거니까 걱정하지 말아요. 이여사님."

한유진의 말에 이은숙이 둘째딸을 보며 곱게 눈을 흘겼다.

한유진이 웃으면서 입을 열었다.

"화 좀 풀린 거야?"

"몰라, 나중에 네 아빠 들어오면 다시 물어볼 거야. 근데 서영이랑 동하에게 그런 큰돈이 들어와 있을 거라고는 생각지도 못했어. 아직도 심장이 뛰어."

이은숙은 남편 한종섭으로부터 상황 설명을 듣고 충격을

받았다.

미국으로 날아간 큰딸과 사위에게 레이얼 시스템의 토마스 레이얼 회장의 혈액암을 치료한 대가로 엄청난 돈을 입금했다.

단순한 사례금이라고 하기에는 너무나 큰돈이었다.

이은숙은 지금까지 살아오면서 '억'단위가 아닌 '조'단위의 돈이 실제로 존재한다는 것도 처음으로 느꼈다.

그것도 단순한 조단위가 아닌 4조에 가까운, 말 그대로 돈벼락을 맞은 셈이라고 할 수가 있었다.

큰딸 한서영이 평생 의사라는 직업에 얽매이지 않아도 풍족하게 살 수 있을 만큼 엄청난 거액이었다.

남편의 말대로 그 돈은 큰딸 한서영과 사위 김동하의 몫이지만 그럼에도 마치 자신이 부자가 되어버린 느낌이 들었던 것이다.

도란도란 이야기를 나누던 두 사람이 윤태성 회장을 향해 가볍게 목례를 하고 복도로 이어진 접견대기실 쪽으로 빠져나갔다.

이내 두 사람이 나가자 서진화 과장이 윤태성 회장을 향해 가볍게 머리를 숙이며 입을 열었다.

"회장님께서 기다리십니다. 들어가시지요."

서진화 과장의 말에 윤태성 회장이 눈을 껌벅이며 입을 열었다.

"좀 전에 나간 두 아가씨들은 뭐하는 사람들이요? 얼핏 들으니 어머니와 자식처럼 황당한 대화를 나누는 것 같던데."

윤태성 회장은 자신의 앞을 스쳐가던 이은숙과 한유진의 대화를 얼핏 엿듣고 이해를 할 수가 없었던 상황이었다.

서진화 과장이 힐끗 이은숙과 한유진이 사라진 문 쪽을 바라보다가 대답했다.

"방금 노란색 원피스를 입고 계셨던 분이 저희 서진 인터내셔널의 회장님 사모님이세요. 옆에 같이 있던 청바지 차림의 아가씨는 그분의 따님이시고요."

순간 윤태성 회장의 눈이 커졌다.

"그분이 여기 서진의 한회장 사모님이셨다고 했소?"

"네."

"혹시 한회장께서 재혼을 하신 거요?"

윤태성 회장은 이혼 후 미국으로 건너간 딸 윤소정보다 더 어려보이는 이은숙이 한종섭 회장의 부인이라는 사실에 재혼을 한 것이라고 생각했다.

서진화 과장이 손으로 입을 가리며 웃었다.

"호호 아니에요. 우리 회장님이나 사모님께서 워낙 동안이셔서 그런 오해를 받기도 하지만 두 분 다 근 30년 넘게 함께 살아오신 부부예요. 방금 회장님께서 보셨던 그 청바지의 아가씨가 사모님의 친딸이고요."

"세상에… 그럼 사모님의 나이가 몇 살이라는 말이오?"

"글쎄요. 저도 정확하게는 알지 못하지만 사모님의 큰따님께서 의과대학 졸업 후 수련의 과정을 거치고 있으니 대충 50살 정도 되실 겁니다."

"허어 기가 막히는군."

윤태성 회장의 입이 쩍 벌어지며 이은숙과 한유진이 빠져나간 접견대기실의 문을 바라보았다.

그는 젊고 아름다운 이은숙이 이제 50살 정도의 나이를 먹은 중년여인이라는 사실이 믿어지지 않았다.

그러다 조금 전 서진화 과장이 이은숙의 큰딸이 의대를 졸업한 수련의 과정을 진행 중인 의사라는 말을 들었던 것을 떠올렸다.

"참, 조금 전에 여기 한회장님의 큰딸이 의사라고 했소?"

서진화 과장이 대답했다.

"네. 회장님. 한서영이라는 아가씨가 바로 그분이에요."

"혹시 그 한서영이라는 의사 따님이 얼마 전에 미국으로 가지 않았소?"

서진화 과장이 웃으면서 머리를 끄덕였다.

"네, 그랬어요. 저도 그날 공항에서 회장님께서 겪었던 일을 텔레비전의 뉴스를 통해 보았어요. 그날 회장님을 치료해 주신 분이 우리 회장님의 큰따님과 사위 분이세요."

"역시……."

윤태성 회장은 자신이 알아낸 것이 틀리지 않았다는 것

에 가슴이 두근거렸다.

서진화 과장도 한서영과 김동하가 미국으로 떠나기 전에 인천공항에서 윤태성 회장과 그의 사위인 박영진 사이에서 벌어진 소동을 뉴스를 통해 알고 있었다.

더구나 그 장소에 공교롭게 자신이 너무나 잘 알고 있는 한종섭 회장의 큰 딸 한서영이 있었고, 그녀가 윤태성 회장을 치료해 준 것이 놀랍기만 했다.

다만 그곳에서 한서영과 함께 있던 젊고 잘생긴 남자가 한종섭 회장이 자랑하는 맏사위라는 사실에 무척 놀라긴 했다.

윤태성 회장이 서진화 과장을 바라보며 물었다.

"그쪽은 어떻게 되는 사람이요?"

서진화 과장은 윤태성 회장이 자신의 신분을 물어오자 잠시 갈등했다.

한종섭 회장의 비서라고 해야 할지 아니면 서진 인터내셔널의 총무부 책임자라고 해야 할지 잠시 주춤한 것이다.

신입사원 공채가 마무리되고 새로운 직원들이 입사를 하게 되면 회사의 모든 부서가 재편될 것이고 직급도 조정이 될 것이다.

다만 지금의 서진화로서는 위치가 조금 애매한 구석이 있었기에 망설였다.

서진화 과장이 대답했다.

"저는 서진 인터내셔널 회장 부속실의 서진화 과장이라고 합니다. 회장님을 뵙게 되어 무척 반갑습니다."

서진화의 인사에 윤태성 회장이 만족한다는 듯이 머리를 끄덕였다.

"그렇군."

혼잣말로 중얼거린 윤태성 회장이 자신을 따라온 수행원들과 함께 회장실로 통하는 비서실로 들어섰다.

비서실 안에는 윤태성 회장이 방문했다는 소식을 들은 한종섭 회장과 유한선 사장 그리고 김기덕 차장까지 회장실의 입구 쪽으로 나와 기다리고 있었다.

윤태성 회장이 비서실로 들어서는 것을 본 한종섭 회장이 정중하게 인사를 했다.

"어서 오십시오. 회장님. 서진의 한종섭이라고 합니다."

한종섭의 깍듯한 인사에 윤태성 회장이 눈을 껌벅이며 한종섭 회장을 바라보았다.

조금 전에 대기실에서 보았던 이은숙처럼 한종섭 역시 이제 갓 30대 초반 정도의 젊은 청년의 모습이었다.

윤태성 회장이 조금 어리둥절한 표정을 지었다.

"그, 그쪽이 한회장님이시오?"

한종섭 회장이 무안한 듯 겸연쩍은 표정을 지으며 대답했다.

"예, 제가 한종섭입니다."

"허허 이런 황당한 경우가 있나? 실례지만 한회장의 올해 나이가 어떻게 되시오?"

한종섭이 살짝 머리를 긁으며 대답했다.

"올해 쉰다섯입니다."

겉보기에는 좋게 본다면 20대 후반의 나이로 보일 정도였고, 많이 본다고 해도 30대 초반의 팔팔한 청년처럼 보이는 한종섭 회장이었다.

그런 그가 쉰다섯 살의 나이를 가진 중년남자라는 사실이 믿어지지 않았다.

"허허 이거 어디서 불로초를 구해 먹은 것이오? 어쨌든 반갑소. 나 한국항공의 윤태성이외다."

"서진의 한종섭입니다."

비서실의 한가운데서 서로 악수를 나누었다.

두 사람이 악수를 나누자 윤태성 회장이 자신을 수행해 온 수행원을 소개했다.

"이쪽은 우리 한국항공의 국내사업부를 맡고 있는 김도엽 본부장이오."

윤태성 회장이 자신의 수행원들을 소개하자 양복차림의 40대 남자가 정중하게 인사를 했다.

"김도엽입니다. 뵙게 되어 무척 반갑습니다."

윤태성 회장이 다시 다른 사람을 소개했다.

"이쪽은 우리 한국항공의 신공항 사업부를 맡고 있는 이

철한 사장입니다."

두 명의 수행원이 정중하게 인사를 하자 한종섭 회장도 미소를 머금은 얼굴로 두 사람과 악수를 나누었다.

이어 한종섭 회장도 서진 인터내셔널의 임직원들을 소개했다.

때마침 유한선 고문도 사장으로 승진한 참이었기에 서로 격을 맞춘 듯한 느낌이 들었다.

두 회사의 임직원들과 모두 인사를 나눈 한종섭 회장과 윤태성 회장이 서로 얼굴을 마주보았다.

먼저 입을 연 것은 한종섭 회장이었다.

"그런데 여긴 어쩐 일이십니까? 한국항공의 회장님이 찾아오셨다는 소식에 무척 놀랐습니다."

한종섭의 말에 윤태성 회장이 싱긋 웃었다.

"허허 요즘 서진 인터내셔널이라는 곳에서 대규모로 신입사원을 공채모집하고 회사규모를 확장하고 있다는 한국경제계에 떠도는 소문에 어떤 곳인지 궁금해서라도 한 회장을 한번 만나보고 싶었습니다. 막대한 자금력으로 경쟁력 있는 중견회사들을 합병해서 사세를 확장하고 있다고 들었는데, 조만간 한국에 초거대 기업이 출범할 것이라는 생각이 들었지요."

한국에서 발행되는 경제신문에 서진 인터내셔널의 신입사원 공채에 관한 정보와 서진 인터내셔널에서 기존 대기

업들도 군침을 삼키던 중견기업을 합병한다는 소식이 실렸다.

이것은 재계에서도 신경을 곤두세울 정도로 민감한 정보였다.

한종섭이 살짝 웃었다.

"하하 그런가요?"

"연신전자와 하양정밀이 서진 인터내셔널과 합병해서 서진전자와 서진정밀로 재출범 한다는 소식은 이미 재계에서 파다하게 퍼져 있는 정보니까요. 더구나 창원의 창해항공정밀과 부산의 오양해운도 서진에 인수될 것이라고 들었습니다. 허허, 그러다가 한국의 모든 중견기업들이 모두 서진의 계열사가 될지도 모르겠다고 아우성입니다 하하하."

윤태성 회장으로서는 이제 떠오르고 있는 서진 인터내셔널에 대해서 덕담을 하는 것이었다.

그렇지만 실제로 한국경제계에서는 혜성처럼 나타나 실력과 기술을 갖춘 중견기업들을 서진 인터내셔널로 합병을 추진하고 있는 상황에 긴장하며 상황을 주시하고 있는 중이었다.

아직 서진 인터내셔널이 상장을 확정하지 않고 있었기에 서진 인터내셔널에 관한 정보는 더욱더 신비감을 갖게 만들었다.

윤태성 회장이 잠시 한종섭 회장을 바라보다가 입을 열었다.

"아까 여기 서과장이라는 분께 들었지만 다시 한번 한회장에게 정식으로 물어보도록 하지요. 한회장의 따님 중에 혹시 세영대학병원에서 근무하는 의사선생이 있습니까?"

한종섭 회장이 빙긋 웃었다.

"저의 큰딸 서영이를 말씀하시는 군요. 맞습니다. 그 아이가 제 큰딸이지요. 그리고 그날 공항에서 회장님을 치료했던 친구는 제 큰사위고요."

"허허 한회장도 알고 있었군요?"

윤태성 회장은 한종섭 회장이 그날 자신의 딸 윤소정이 이혼하고 미국으로 떠날 때의 상황을 알고 있음을 느꼈다.

하긴 대한민국이 떠들썩할 정도로 충격적인 상황에, 뉴스에서 윤태성 회장의 위독설까지 퍼진 상황이었으니 모를 리가 없을 것이다.

한종섭 회장이 대답했다.

"딸과 사위가 뉴스에 나오니 자연적으로 알게 되었습니다. 그나저나 몸은 어떻습니까? 당시 뉴스에서는 상당히 다치신 것으로 나오기에 걱정했습니다."

당시의 긴급속보에서는 윤태성 회장이 중태에 빠진 상황으로 생명이 위독하다고 알려졌기에 한때 한국항공의 주가가 2%나 순식간에 빠져나갈 정도였다.

윤태성 회장이 웃었다.

"허허 한회장의 따님과 사위 덕분에 다시 살게 되었지요, 그 사람들이 제 생명의 은인입니다."

윤태성으로서는 아직도 당시의 상황이 믿어지지 않았다.

특히 자신을 살려낸 것이 한종섭 회장의 사위인 김동하라는 젊은 청년의 입에서 흘러나온 천명이라는 신기한 기운 때문이었음을 너무나 생생하게 기억하고 있었다.

한종섭 회장이 웃었다.

"사람의 생명을 살리는 것이 그 아이들의 천성이니, 다행히 그 자리에 있어 회장님을 치료해 줄 수가 있었을 것입니다."

윤태성 회장이 머리를 끄덕였다.

"알고 있습니다. 덕분에 이 늙은 목숨을 좀 더 연장할 수가 있었습니다. 허허."

윤태성 회장이 부드러운 시선으로 한종섭 회장을 바라보았다.

한종섭이 잠시 윤태성 회장을 바라보다가 다시 입을 열었다.

"근데 그 일 때문에 바쁘신 한국항공의 회장님께서 굳이 저를 찾아오실 줄은 몰랐습니다."

윤태성 회장이 머리를 흔들었다.

"하하 그 문제로 한회장님을 만나려고 찾아오지는 않았습니다."

"그럼?"

한종섭이 눈을 껌벅이며 윤태성 회장을 바라보았다.

윤태성 회장이 한종섭 회장을 보며 나직한 목소리로 입을 열었다.

"제가 공항에서 봉변을 당한 후에 우연히 들었습니다만, 한회장님께서 레이얼 시스템의 아시아지역 총본부를 담당하고 계신다고 들었습니다. 더구나 현재 서진 인터내셔널이 미국의 레이얼 시스템과 합자로 출범하는 곳이라는 정보도 들었습니다. 맞습니까?"

윤태성 회장의 말에 한종섭 회장이 약간 어리둥절한 표정을 지었다.

하지만 서진 인터내셔널이 연신전자나 하양정밀과 같은 중견기업을 합병하며 사세를 확장하고, 경력직 사원을 비롯해 신입공채사원을 모집하며, 미국의 레이얼 시스템과 합자로 출범하는 회사라는 것을 공개했기에 레이얼 시스템과의 합자는 비밀이라고 할 수도 없었다.

서진 인터내셔널의 신입사원 공채에 지원하는 모든 지원자들은 그 사실을 이미 알고 있을 것이기 때문이다.

한종섭 회장이 머리를 끄덕였다.

"알고 계시는군요. 맞습니다. 이번에 레이얼 시스템에

서 아시아지역의 판매망과 서비스영역을 확충하며 저희 서진무역과 합자로 서진 인터내셔널이라는 회사를 설립하게 되었지요. 아마 앞으로는 레이얼 시스템의 아시아지역 공급망이 대대적으로 확대될 것이라고 보시면 될 겁니다."

"그래서 한회장님을 찾아오게 되었습니다."

윤태성 회장이 눈을 반짝이며 한종섭 회장을 바라보았다.

"예?"

"이번에 서울을 비롯해 부산 쪽의 저희 한국항공의 신공항 계류장의 관제시스템에 들어갈 설비에 관해 한회장님과 좀 의논을 해보고 싶어 찾아왔습니다. 우리 한국항공의 시스템사업부에서 추정한 바로는 2조 5,000억 정도의 설비가 필요하다는 보고가 올라와 이렇게 한회장님께 부탁을 드려볼까 하고 오게 된 것입니다. 뭐 일본의 구와정밀과 하치네 제작소 그리고 독일의 브란츠 정밀과 같은 회사도 염두에 두었지만, 아무래도 정부 측에서도 제의를 해오고 우리 한국항공 쪽에서도 레이얼 시스템의 설비가 더 적당할 것 같다는 생각이 들어서 말입니다."

"그, 그래요?"

일순 한종섭 회장의 눈이 번적 뜨였다.

아직 정식으로 출범도 하지 못한 서진 인터내셔널이지만

한국항공이라는 거대기업에서 엄청난 규모의 설비의 오
더를 가지고 찾아온 상황이었다.

옆에서 듣고 있던 유한선 사장과 서진화 과장을 비롯하
여 김기덕 차장과 김하선 대리까지 놀란 토끼의 눈으로 두
회장을 바라보고 있었다.

한종섭 회장은 그제야 지금 자신과 윤태성 회장이 자리
에 앉지도 않고 비서실에 서 있다는 것을 깨달았다.

"어이쿠 제가 실례를 했습니다. 안으로 들어가시지요.
차라도 마시면서 천천히 말씀을 들어보도록 하지요."

"허허 고맙소."

한종섭이 자신의 집무실인 회장실의 문을 열어주고 한쪽
으로 몸을 비켜주자 그제야 윤태성 회장도 회장실의 문의
안쪽으로 들어갔다.

윤태성 회장이 안으로 들어가자 그를 수행하던 한국항공
의 임원들도 약간 상기된 얼굴로 안으로 들어섰다.

문을 열고 비켜섰던 한종섭 회장이 유한선 사장을 바라
보며 입을 열었다.

"유사장님도 같이 안으로 들어오셔서 말씀을 들어봅시
다."

한종섭 회장의 말에 유한선 사장의 얼굴이 벌겋게 달아
올랐다.

"예. 회장님."

유한선으로서는 자신을 사장으로 임명해준 한종섭 회장에게 처음으로 사장의 대우를 받는다는 느낌이 들었다.

유한선 사장까지 회장실로 들어서자 한종섭 회장이 서진화 과장을 보며 입을 열었다.

"서과장. 차 좀 부탁해."

서진화 과장이 상기된 얼굴로 정중하게 대답했다.

"네. 회장님."

서진화 과장의 심장이 터질 것처럼 뛰고 있었다.

탁.

이내 회장실의 문이 닫혔다. 놀란 얼굴로 비서실에 서 있던 김기덕 차장이 하얗게 질린 얼굴로 더듬거렸다.

"처, 첫 발주가 2조가 넘는 한국항공의 신공항 관제설비라니… 이거 내가 꿈을 꾸는 건지…….."

역시 하얗게 질린 얼굴로 서 있던 김하선 대리가 굳은 얼굴로 물었다.

"저게 좋은 거예요?"

서진화 과장이 상기된 얼굴로 대답했다.

"서울과 부산의 신공항 관제설비는 공사기간만 해도 3년 이상이 걸리는 엄청난 규모의 오더야. 만약 이 사실이 외부에 알려지면 아마 우리 서진 인터내셔널은 단번에 대한민국 재계서열 30위권에도 들어갈 수 있을 거야."

"세상에…….."

김하선 대리의 가슴이 터질 듯 두근거렸다.

연신전자의 대리로서 미래를 걱정해야 했던 그녀로서는 엄청난 기회가 주어진 서진 인터내셔널 본사로 발령된 것이 너무나 행운이라는 생각이 들었다.

김기덕 차장이 중얼거렸다.

"이 사실이 알려지면 다들 심장이 두근거려 일이 손에 잡히지 않을 거야."

서진화 과장이 입을 열었다.

"아직 결론이 어떻게 날지 모르니 공개는 하지 말아요."

김기덕 차장이 이를 드러내며 웃었다.

"하하 물론이지. 외부에 나가있는 최부장, 아니 최이사님이 돌아오셔서 이 소식을 들으면 울면서 춤이라도 출걸?"

자금사정이 빈약해 늘 출장비조차 빠듯했던 서진무역의 시절이 이제는 아련한 추억이 되어 버린 상황이었다.

서진 인터내셔널에 새로운 세상이 열리고 있었다.

그것은 새로 출범하는 서진 인터내셔널이라는 기업의 첫걸음을 너무나 순조롭게 풀어주게 만드는 창연의 실타래 같은 느낌을 안겨주었다.

어설픈 착각

　정인학 대리의 눈이 쉴 새 없이 움직이고 있었다.

　오후 5시가 넘어가자 바깥으로 쏟아져 나온 대학생들과 젊은 아베크족들이 거리를 가득 메우고 있었기에 조금이라도 한눈을 팔 경우 자칫 실수를 할 수도 있었다.

　예전에는 리치타워 혹은 리치빌딩으로 불렸던 21층짜리 빌딩으로 수많은 젊은이들이 드나들고 있었다.

　빌딩의 전면에는 서진 인터내셔널이라는 이름의 거대한 양각의 간판이 걸려 있는 것이 눈에 들어왔다.

　정인학이 뒤를 쫓고 있던 노란색의 원피스를 입은 한서영의 여동생으로 의심되는 한유진이 친구들로 보이는 젊은 여자들과 함께 빌딩 안으로 들어간 이후, 그는 이곳에서 다시 그녀들을 기다리고 있는 중이었다.

이미 본사의 박영진 실장이 이곳을 향해 오고 있다는 연락을 받았기에 한유진을 놓친다면 실장을 볼 면목이 없어지는 셈이 된다.

그 때문에 그의 시선이 이곳저곳으로 쉬지 않고 움직이고 있었다.

다행한 것은 노란색의 원피스를 걸친 한유진(?)이라면 비록 사람이 많은 곳이라고 해도 한눈에 눈에 알아볼 수 있을 정도로 눈에 띄는 차림이라는 것이었다.

그런 정인학의 눈에 양복을 걸친 박영진 실장이 주변을 살피며 정인학이 기다리고 있는 '다향'이라는 약간은 보수적인 이름을 가진 카페의 입구 쪽으로 걸어오는 것이 보였다.

근처의 주차장에 차를 주차하고 정인학 대리를 찾는 것인지 주변을 두리번거리는 모습은 평소의 박영진 실장과는 조금 다른 느낌이 들었다.

다행히 수행원은 대동하지 않고 혼자서 움직이는 박영진 실장이었다.

그것은 박영진에게는 당연한 일이었다.

업무상 외출이 아닌 세영대학병원의 의사인 한서영과의 연줄을 만들기 위해 업무시간에 외출을 하는 상황이다.

가능한 주변에 자신의 동선을 밝히지 않으려 할 것은 당연했다.

박영진이 좌우를 살피고 있었다.

학창시절 이곳 신촌 일대에서 나름 추억을 제법 만들어놓았던 그였기에 오랜만에 찾아오는 거리에서 예전의 기억을 되살리는 듯한 얼굴이었다.

"실, 아니 여깁니다."

정인학의 입에서 실장이라는 호칭이 나오려다 멈칫하며 실장이라는 말 대신 손을 흔들어 자신의 위치를 알려주었다.

박영진 실장이 정인학 대리의 위치를 확인하고 다가왔다.

10월이었지만 오후는 제법 따가운 열기까지 느껴졌기에 넥타이차림의 깔끔한 박영진의 모습은 이곳에서 특별할 정도로 어색한 느낌이었다.

정인학도 넥타이에 양복차림이었지만 박영진처럼 결벽스러울 정도로 깔끔한 느낌은 들지 않았다.

그도 그럴 것이 박영진은 더운 날씨에도 슈트의 모든 단추를 잠그고 있는 경직된 옷차림이다.

반면 정인학 대리는 슈트의 단추를 풀고 넥타이의 매듭까지 느슨하게 풀어놓았다.

더구나 박영진이 맨 넥타이의 목에 걸린 클립과 와이셔

츠의 손목에 채워진 커프스버튼은 대학가 거리에서는 두 드러질 정도로 특이한 차림새였다.

이내 박영진 실장이 정인학 대리의 앞으로 다가섰다.

박영진의 얼굴은 더위 때문인지 평소와는 달리 약간 상기되어 있는 듯했다.

박영진이 정인학 대리의 앞으로 다가서자 박영진의 특이(?)한 모습 때문인지 주변의 젊은 남녀들이 힐끔거리며 스쳐갔다.

하지만 박영진은 전혀 개의치 않는 얼굴이었다.

그가 정인학에게 다가서며 물었다.

"수고했어요. 지금 어디에 있습니까?"

정인학이 막 영진빌딩의 지하주차장에서 빠져나오는 차를 살펴보며 말했다.

"예전에 리치타워라 불리던 저곳 영진빌딩으로 들어갔습니다."

"영진빌딩?"

박영진이 머리를 돌리는 순간 서진 인터내셔널이라는 양각의 간판이 걸린 빌딩이 눈에 들어왔다.

박영진 실장은 얼마 전부터 가끔 소문으로 들리던 서진 인터내셔널이라는 기업이 이곳에 있다는 것은 처음으로 알게 되었다.

그로서는 동신그룹 외에 다른 기업체에 대한 관심은 그

다지 없었기에 내막을 알아볼 생각도 하지 않았다.

　다만 서진 인터내셔널이 경제신문에 자주 언급이 된다는 것만 알고 있을 뿐이었다.

　매사에 치밀했던 박영진 실장으로서는 엉뚱한 허점을 보이는 격이었다.

　박영진이 영진빌딩의 최상층에 걸린 양각의 '서진 인터내셔널'이라는 글자를 이마를 찌푸리며 바라보았다.

　"저곳이 여기에 있을 줄은 몰랐군."

　정인학 대리가 대답했다.

　"예전에는 리치타워로 불리던 빌딩입니다. 학생 신분으로 벤처기업을 창업한 야심 있는 학생들이나 대학가와 관련된 여러 소규모 사업체들이 비즈니스를 위해 입주해 있던 복합건물인데, 서진 인터내셔널이라는 곳이 인수한 이후 영진빌딩으로 불리는 곳이지요. 아마 서진 인터내셔널에서 건물전체를 모두 사옥으로 사용하는 듯합니다."

　"그래요?"

　박영진 실장이 눈을 껌벅였다.

　서진이라는 이름이 낯설지 않았고 귀에 익은 느낌이었기에 박영진은 다시 한번 영진빌딩을 바라보았다.

　정인학 대리가 입을 열었다.

　"그러고 보니 서진이라는 이름이 왠지 낯설지 않은 느낌인데…….”

박영진은 동신그룹에서 제안한 파격적인 조건에도 결국 제안을 거절한 한서영의 아버지 한종섭 회장의 예전 회사가 서진무역이었다는 것을 머릿속에서 지워버린 상황이었다.

기억하지 말아야 할 것을 머릿속에 간직하고 있는 것은 쓸모없는 기억의 소모라고 생각하는 평소의 박영진의 지론 때문이다.

정인학 대리가 대답했다.

“서진이라는 이름은 얼마 전 우리가 만났던 한서영 선생의 부친 한종섭 사장이 운영하던 서진무역과 이름이 같습니다.”

정인학 대리의 말에 박영진의 표정이 굳어졌다.

그제야 서진이라는 이름이 어째서 낯설지 않았는지 알게 된 것이었다.

“공교롭군. 서진이라는 이름을 또 이런 식으로 듣게 될 줄은 몰랐는데.”

정인학 대리가 박영진 실장의 표정을 살피며 입을 열었다.

“서진 인터내셔널에 대해 한번 알아볼까요?”

박영진이 잠시 눈을 깜박이다가 대답했다.

“서진무역과 연관이 있는 곳인지 한번 알아보는 것도 나

쁘지 않을 것 같군요. 하루에도 수백 곳의 기업이 창업과 폐업을 반복하는 상황이라 이런 신생 기업 따위에는 신경을 쓸 여력이 없어 관심을 가지지 않았는데… 서진이라는 이름이 왠지 거슬리는 느낌이 듭니다."

"알겠습니다."

정인학 역시 서진 인터내셔널이라는 이름이 왠지 낯설지 않다는 생각이 들었다.

박영진이 영진빌딩에서 빠져 나오고 있는 젊은 청년들을 보며 입을 열었다.

"근데 저곳에서 무슨 일이 벌어지고 있는데 사람이 저렇게 많습니까? 대부분 젊은 청년들 같은데?"

정인학 대리가 대답했다.

"알아보니 서진 인터내셔널에서 경력직 사원들과 공채 사원들을 접수하는 중이라고 합니다. 대학이 몰린 곳이니 취업과 졸업을 앞둔 학생들이 지원하는 것 같습니다."

박영진의 이마가 찌푸려졌다.

"그렇다고 해도 신생기업의 공채에 지원한다는 말입니까?"

"취업난으로 힘든 시기인 것 같아서 더욱 그런 것 같습니다."

"흠."

"우리 동신그룹의 공채에 지원할 경우 적어도 수십 대 일의 경쟁을 뚫어야 입사가 가능할 테니, 여유가 없는 학생들이라면 저런 신생기업도 지원할 수밖에 없을 겁니다."

"그렇군요. 그럼 한서영 선생의 동생도 저곳에 지원하기 위해 들어간 것인가요?"

정인학 대리가 공손하게 대답했다.

"그런 것 같습니다. 예전의 리치타워 때와는 달리 지금의 저곳은 학생들을 위한 위락공간이 없는 곳이니까요."

지금은 영진빌딩으로 바뀐 리치타워 때는 빌딩의 저층부인 7층까지는 학생들을 위한 학사주점이나 유흥업소 등도 입주해 있었다.

위쪽의 상층부는 대부분 비즈니스를 위한 사무실 등이 입주해 있었지만 지금은 오직 서진 인터내셔널 하나만 입주해 있는 상황이었다.

그 때문에 빌딩에 들어간 목적이 서진 인터내셔널과 관련된 사항이 아니라면 다시 돌아 나올 수밖에 없었다.

박영진 실장이 물었다.

"그 아가씨가 들어간 지 얼마나 되었습니까?"

"30분이 좀 지난 것 같습니다."

"흠."

박영진 실장의 미간이 좁혀지고 있었다.

그때였다.

"나, 나옵니다 실장님."

정인학 대리가 다급하게 소리쳤다.

정인학의 눈에 한유진의 팔짱을 낀 채 나란히 영진빌딩을 나오고 있는 노란색의 원피스를 걸친 이은숙의 모습이 들어왔다.

박영진 실장의 눈이 빠르게 영진빌딩의 입구 쪽으로 향했다.

정인학이 빠르게 말했다.

"지금 나오고 있는 노란색의 원피스를 입은 사람이 한서영 선생의 집에서 나온 아가씹니다. 옆에 나란히 나오는 여자는 이곳에서 만난 학생인 듯하고요."

"그래요?"

박영진이 눈을 좁히며 영진빌딩을 걸어 나오고 있는 이은숙과 한유진을 빤히 바라보았다.

멀리서 보아도 주변에서 확실히 두드러질 정도로 눈에 띄는 여인이었다.

"한서영 선생의 식구는 다들 타고난 미모를 가지고 있는 모양이군요."

정인학 대리가 대답했다.

"저도 아까 좀 가까운 거리에서 얼굴을 보았는데 확실히 놀랄 정도의 미모였습니다."

"일단 한번 만나봅시다."

"예."

정인학 대리가 머리를 숙였다.

박영진이 다시 머리를 돌려 영진빌딩의 반대편으로 나란히 걸어가는 이은숙과 한유진의 옆모습을 바라보고 있었다.

"진짜 언니와 동하, 아니 형부가 그런 부자라는 것이 믿겨져?"

한유진은 아직도 자신의 가슴이 콩닥거리는 것을 느끼며 이은숙의 얼굴을 바라보았다.

이은숙이 머리를 흔들었다.

"나도 정신이 없어. 원, 일억원 이억원도 아니고 조 단위의 돈을 보상금으로 받았다니 귀신에 홀린 것 같아."

이은숙도 심하게 두근거리는 가슴을 억지로 누르고 있는 상황이었다.

큰딸 한서영과 사위 김동하가 토마스 레이얼 회장의 혈액암을 완치시키고 보상금으로 받아낸 금액을 남편이 정확하게 32억불이라고 말해주던 순간, 이은숙은 자신의 귀를 의심할 정도였다.

32억달러를 한국 돈으로 환산하면 지금 시세로 3조 8천억원이 넘는 그야말로 상상도 할 수 없을 정도의 엄청난 돈이었다.

그런 돈을 보상금으로 내어준 레이얼 시스템의 토마스

레이얼 회장의 배포도 놀랍지만 그것을 넙죽 받아낸 큰딸과 사위의 재복에는 할 말을 잊을 정도였다.

한유진이 상기된 얼굴로 입을 열었다.

"이제 평생 언니한테 용돈 좀 달라고 보채도 미안해하지 않아도 될 것 같네 호호."

둘째딸 한유진의 말에 이은숙이 살짝 눈을 흘겼다.

"시끄러. 그건 니 언니랑 동하 돈이야. 눈길도 들이지 말어."

한유진이 생긋 웃었다.

"재벌 언니와 형부한테 용돈 받는 게 뭐가 어때서? 언니랑 형부가 어려운 처지라면 그럴 수도 있지만 이제는 웬만한 재벌이라고 해도 언니랑 형부가 가진 돈을 보면 놀랄걸. 그리고 엄마도 아빠가 사주는 작은 소형차 말고 근사하고 좋은 차를 선물 받을 수 있잖아."

한유진의 말에 이은숙의 눈빛이 가늘어졌다.

남편 한종섭에게 선물로 받을 작은 소형차는 늘 이은숙이 가지고 싶었던 차였다.

그렇지만 이제 큰딸과 사위가 상상도 할 수 없을 정도의 부자가 되었다는 것을 알게 되자 은근히 욕심이 생기는 것을 밀어내지 못했다.

이은숙의 머릿속에 재벌가의 마나님들이나 타고 다니던 크고 부티 나는 외제차의 모습이 순간 떠올랐다.

하지만 이내 마치 못 볼 것을 본 것처럼 머리를 흔들었다.

"내 주제에 뭔 상상을 해? 니들 아빠가 사주는 장난감 같은 차라고 해도 감지덕지하며 받아야 할 판에……."

이은숙은 절대로 큰딸 한서영과 사위인 김동하에게 손을 벌릴 생각이 없었다.

더구나 남편이 큰딸과 사위의 허락도 받지 않고 레이얼 시스템과 합자로 설립할 자금으로 13억불이나 사용했다는 것에 한숨이 나올 지경이었다.

아무리 레이얼 시스템에서 합자제안을 해 왔다고 하지만 아직 외국에 머물고 있는 큰딸과 사위가 귀국도 하기 전에 그 엄청난 돈을 썼다는 것이 너무나 부담스러웠다.

비록 자신의 배를 통해 낳은 딸이고 딸의 남편이지만 토마스 레이얼 회장으로부터 보상금으로 받든 돈은 딸의 몫이고 사위의 몫이었다.

그것을 탐낼 생각은 손톱만큼도 없는 이은숙이었다.

그때였다.

"실례합니다."

나란히 걷고 있는 이은숙과 한유진의 뒤에서 굵은 남자의 목소리가 들렸다.

이은숙과 한유진이 머리를 돌렸다.

두 사람의 얼굴은 딱딱하게 굳어져 있었다.

이은숙의 눈에 들어온 사람은 동신그룹의 박영진 실장과 그의 뒤에 한 발자국 정도 떨어진 위치에 서서 자신을 바라보고 있는 정인학 대리였다.

"뭐예요?"

　한유진이 약간 놀란 얼굴로 물었다.

　이은숙은 눈만 껌벅이며 박영진 실장의 얼굴을 바라보고 있을 뿐이었다.

　박영진이 정중하게 인사를 하며 입을 열었다.

"저는 박영진이라는 사람입니다. 혹시 세영대학병원의 한서영 선생의 가족 분이십니까?"

　박영진 실장의 말에 이은숙이 놀란 얼굴로 한발 물러섰다.

　한유진은 박영진 실장의 입에서 언니의 이름이 나오자 놀란 얼굴로 그를 바라보았다.

"누구신데 언니를 아세요?"

　그때 정인학 대리가 끼어들었다.

"학생은 나랑 잠시 이야기 좀 합시다. 우리 실장님께서 중요한 일로 한서영 선생의 가족분과 이야기를 나눌 것이 있으니 말입니다."

　순간 한유진은 어이가 없었다.

"이봐요. 그쪽이 누군데 우리 언니 일로 엄마를 만나려는 거예요?"

정인학 대리의 표정이 굳어졌다.

"예?"

한유진이 약간 굳어진 얼굴로 입을 열었다.

"당신들이 말한 한서영 선생은 우리 언니예요. 이분은 우리 언니와 저의 엄마고요."

순간 박영진 실장과 정인학 대리의 표정이 굳어졌다.

정인학 대리가 놀란 얼굴로 물었다.

"그, 그쪽이 한서영 선생의 동생 분이라고요?"

정인학 대리는 그제야 지금까지 자신이 한서영의 동생을 착각하고 있었다는 것을 깨달았다.

이은숙이 약간 굳어진 표정으로 물었다.

"그쪽은 누군데 우리 서영이를 아세요?"

이은숙은 사위인 김동하랑 외국에 나가 있는 큰딸의 이름을 가지고 자신을 찾아온 박영진 실장과 정인학 대리에 대해 경계했다.

정인학 대리가 더듬거렸다.

"아, 이, 이분은 동신그룹의 기획조정실장님이신 박영진 실장님이시고 저는 기조실의 정인학 대리라고 합니다."

이은숙과 한유진의 이마가 좁혀졌다.

"동신그룹?"

그때 박영진 실장이 입을 열었다.

"정말 한서영 선생의 어머님 되십니까?"

그의 시선이 맑은 눈을 치켜뜨고 자신을 빤히 바라보고 있는 이은숙 여사를 바라보고 있었다.

한유진이 약간 기분 나쁘다는 얼굴로 입을 열었다.

"그럼 우리 엄마가 우리 엄마지 누구겠어요?"

"아, 시, 실례했습니다."

박영진은 한서영의 어머니가 이렇게 젊은 여자라는 것에 당황하고 있었다.

정인학 대리가 끼어들었다.

"저, 정말 한서영 선생의 친모이십니까?"

정인학의 말에 이은숙이 어이가 없다는 표정으로 웃었다.

"호호 내가 서영이의 친모인지 물었어요? 네 맞아요. 서영이는 제 딸이고 제가 친모예요. 오늘 하루만 두 번이나 같은 대답을 해야 할 줄은 몰랐네 정말."

신촌의 거리에서 만난 둘째딸 한유진의 친구에게도 같은 말을 들었고 지금도 역시 같은 말을 듣게 되자 이은숙은 웃어야 할지 울어야 할지 갈피를 잡을 수가 없었다.

"세상에……."

박영진의 얼굴이 시뻘겋게 달아오르더니 입이 벌어졌다.

정인학의 얼굴도 벌겋게 변하고 있었다.

지금까지 한서영의 어머니를 한서영의 동생으로 착각하고 있었다는 것이 너무나 황당했기 때문이다.

　하긴 동신그룹의 계열사인 미래화학의 시스템 설비문제로 서진무역을 찾아가서 한종섭 사장을 만났을 때에도 같은 경험을 겪었다.

　많아야 30대 초반 정도의 젊은 모습이었던 한종섭 사장의 얼굴을 보고 기가 막힐 정도로 놀란 것이 머릿속에서 떠올랐다.

　박영진 실장이 정중하게 머리를 숙였다.

　"죄송합니다. 우리 직원이 잠시 착각을 한 것 같습니다."

　이은숙이 눈썹을 좁히며 물었다.

　"근데 우리 서영이는 어떻게 알게 된 거죠? 그리고 우리가 서영이랑 가족인지 어떻게 알았어요?"

　박영진이 잠시 당황한 얼굴로 이은숙을 바라보았다.

　딱딱한 표정을 짓고 있는 이은숙의 아름다운 얼굴은 아름답던 한서영 선생의 얼굴을 그대로 베껴놓은 듯한 미모였다.

　박영진이 입술을 잘근 깨물었다가 이내 입을 열었다.

　"큰따님이신 한서영 선생의 일로 어머님께 정중하게 드릴 말씀이 있습니다. 잠시만 시간을 내어 주시겠습니까? 길게 시간을 빼앗지는 않을 것입니다."

　박영진 실장의 말에 한유진이 눈을 깜박였다.

"그쪽이 우리 언니를 어떻게 아시는 거예요?"

"세영대학병원에서 환자와 의사로 만나게 되어 알게 되었습니다."

박영진의 대답에 이은숙이 놀란 듯 눈을 크게 떴다.

"그 말씀은 우리 서영이도 그쪽을 알고 있다는 말인가요?"

박영진이 머리를 끄덕였다.

"그렇습니다."

한서영으로서는 병원에서 의사의 신분으로 박영진의 동맥혈을 채취한 것이 전부일 뿐이었다.

그 때문에 박영진의 얼굴을 기억하지도 못했고, 공항에서 한국항공의 윤태성 회장의 사위였던 박영진과 재회했을 때에도 알아보지 못했다.

하지만 박영진은 자신이 한서영에게 관심을 가지고 있었던 만큼 한서영도 자신의 존재를 분명하게 기억하고 있을 것이라고 믿고 있었다.

다만 자신은 이미 기혼자의 신분이었기에 그것을 내색하지 않을 뿐이라고 생각했다.

이은숙이 약간 놀란 눈으로 박영진을 바라보았다.

박영진이 잠시 망설이다가 입을 열었다.

"따님의 문제로 갑자기 이렇게 찾아와서 놀라셨을 겁니다만 전 이상한 사람은 아닙니다."

말을 마친 박영진이 품에서 자신의 명함을 꺼내어 이은숙에게 내밀었다.

이은숙의 옆에 서 있던 한유진이 냉큼 박영진 실장이 건네는 명함을 받았다.

한유진의 눈이 반짝였다.

"동신그룹 기획조정실장?"

박영진은 자신의 명함을 보고 놀라는 한유진을 빤히 바라보았다.

한서영처럼 어머니의 우월한 유전자를 받은 탓인지 한눈에 보아도 놀랄 정도로 상당한 미인이었다.

그리고 한서영보다 더 젊고 통통 튀는 발랄함이 느껴지는 모습이었다.

한유진이 명함을 이은숙에게 건넸다.

이은숙은 명함을 받아들고 잠시 명함에 적힌 박영진 실장의 신분을 살펴보았다.

박영진이 입을 열었다.

"시간을 많이 빼앗지는 않을 것입니다. 다만 저와 잠시 이야기만 나눌 시간이면 됩니다."

한유진이 끼어들었다.

"근데 우리가 언니와 가족인 것은 어떻게 아신 거죠? 이렇게 길에서 우리를 알아볼 정도라면 우리 가족을 상당히 조사한 것 같은데……."

한유진이 의심 섞인 눈빛으로 박영진 실장을 바라보았다.

듣고 있던 정인학 대리가 끼어들었다.

"그건 우연히……."

정인학 대리는 상관인 박영진 실장이 이은숙과 한유진에게 곤경을 당하는 모습을 볼 수 없어 우연한 일이라는 핑계를 둘러댈 참이었다.

하지만 천만 명이 넘는 서울인구 중에 한서영의 가족이 누군지 단번에 알아낸 것을 우연이라고 설명하는 것은 너무나 구차한 변명이었다.

박영진 실장이 정인학 대리의 말을 막았다.

"핑계 댈 필요 없어요. 정대리."

정인학 대리의 말을 막은 박영진이 이은숙과 한유진을 보며 입을 열었다.

"아가씨의 말이 맞습니다. 한서영 선생에 관해 조사를 하면서 한서영 선생의 가족까지 조사를 하게 되었습니다. 불쾌하셨다면 진심으로 사과를 드립니다."

이은숙의 미간이 좁혀졌다.

"서영이와 우리를 조사했다고요? 왜요? 무슨 일로 조사를 하게 된 거죠?"

박영진이 어금니를 깨물며 입을 열었다.

"그건 잠시 시간을 내어 주시면 모두 설명을 드리도록 하겠습니다.”

한유진이 약간 차가운 시선으로 박영진을 쏘아보았다.

“동신그룹이라면 한국 사람이라면 모르는 사람이 없을 정도로 큰 대기업인데 그런 곳에서 왜 우리 언니와 우리 가족을 조사해요? 예상은 했지만 상당히 불쾌하네요.”

“나쁜 의도를 가지고 조사를 한 것이 아니라 한서영 선생에 대해 조사를 하다 보니 그렇게 된 겁니다. 다시 한번 사과드리지요.”

박영진이 다시금 머리를 숙였다.

이은숙이 잠시 박영진을 바라보다가 머리를 끄덕였다.

“알겠어요. 무슨 말인지 들어보도록 하지요. 대신 긴 시간은 낼 수 없어요. 또 들어보고 들어야 할 필요가 없는 말이라면 그대로 일어날 거예요.”

이은숙은 큰딸 한서영이 관련되어 있는 일이기에 박영진 실장의 말을 들어볼 생각이었다.

정인학 대리가 나섰다.

“제가 조용한 곳으로 모시겠습니다.”

한유진이 이은숙을 바라보며 입을 열었다.

“엄마. 여기서 가까운 곳으로 가.”

“그래.”

이은숙이 머리를 끄덕였다.

이은숙과 한유진은 박영진 실장과 정인학 대리가 안내하

는 곳으로 갈 생각은 전혀 없었다.

큰딸 한서영과 관련된 문제로 찾아왔다지만 무턱대고 두 사람이 안내하는 곳으로 따라가는 것은 두렵기 때문이다.

한유진이 머리를 돌리며 주변을 두리번거렸다.

'레망'이라는 간판이 걸린 카페가 한유진의 눈에 들어왔다.

"저곳으로 가요."

한유진이 손가락으로 레망을 가리키자 박영진 실장과 정인학 대리가 한유진이 가리킨 레망을 바라보았다.

아직 이른 시간이었는지 카페의 안쪽은 조금 한산했다.

카페 바깥쪽의 노천테이블에 몇 명의 남녀들이 앉아 차를 마시는 모습이 보였다.

박영진 실장이 정인학 대리를 보며 입을 열었다.

"조용하게 이분들과 대화를 하고 싶으니까 정대리가 가서 양해를 구해 봐요."

"알겠습니다."

정인학 대리가 공손하게 대답하고 급하게 카페로 달려갔다.

그 모습을 본 이은숙이 물었다.

"동신그룹의 기획실장이라는 직위가 상당히 높은 건가 보네요. 지시하시는 것에 저렇게 공손하게 반응하는 것을 보니 말이에요."

박영진 실장이 대답했다.

"한서영 선생의 일로 그냥 저를 도우려는 직원일 뿐입니다."

한유진이 끼어들었다.

"우리 언니도 그쪽이 우리 가족을 모두 조사했다는 것을 알아요?"

박영진이 머리를 흔들었다.

"한서영 선생은 전혀 모르고 있을 겁니다."

"그럼 무턱대고 찾아온 거네요."

"…….."

박영진은 아무 말도 하지 않았다.

한유진의 말처럼 한서영은 지금 자신이 이렇게 가족을 찾아오리라곤 꿈에도 상상하지 못하고 있을 것이다.

박영진이 입술을 잘근 깨물면서 입을 열었다.

"나중에 한서영 선생에게 모두 설명드릴 것입니다."

한유진이 머리를 흔들었다.

"우리 언니는 누구든 우리 가족을 건드리는 것을 무척 싫어해요. 아마 그쪽이 지금 이러는 것을 알게 된다면 상당히 화를 낼게 분명해요."

"그것도 감수하겠습니다."

그때 카페로 달려갔던 정인학 대리가 돌아왔다.

"카페주인에게 양해를 구했습니다 실장님."

"수고했어요."

정인학 대리는 카페 레망의 주인에게 카페 전체를 임대하고 돌아온 것이었다.

이 시간 이후 다른 손님은 절대로 받지 않는다는 조건으로 하루치의 레망 매상을 모두 지급했다.

박영진이 이은숙을 보며 입을 열었다.

"저곳으로 가지요."

말을 마친 박영진이 카페 쪽으로 걸음을 옮겼다.

신촌 일대의 대학가 학생들과는 전혀 다른 옷차림을 하고 있었기에 박영진은 마치 물 위에 뜬 기름방울처럼 주변의 풍경과는 어울리지 않고 겉도는 느낌이 들었다.

잡티 하나 보이지 않는 양복차림도 그렇고 한 올의 매듭도 흐트러지지 않은 양복 액세서리도 마찬가지였다.

더구나 신고 있는 구두는 파리라도 올라탈 경우 낙상할 것처럼 반짝이고 있었다.

한눈에 보아도 귀하게 자란 부잣집 도련님같은 분위기를 가진 박영진 실장이었다.

박영진이 앞장서자 딸의 팔짱을 낀 이은숙과 한유진이 뒤를 따랐다.

뒤쪽으로 정인학 대리가 걸음을 옮겼다.

카페에 도착하자 레망의 주인이 막 안쪽에서 머물고 있던 손님에게 양해를 구하는 모습이 보였다.

카페주인의 사정을 들은 것인지 안에 머물던 손님들이 자리에서 일어나 바깥으로 나왔다.

찻값까지 환불해 준다는 조건이었기에 손님들로서는 거절할 이유가 없었다.

주변은 한집 건너 카페였기에 다른 카페로 자리를 옮기면 그뿐이었다.

이내 카페 안은 모두 자리가 비워졌다.

카페주인이 급하게 테이블 위를 정리하는 것이 카페 바깥에서도 보였다.

정인학 대리가 뒤에서 다가와 급하게 카페의 문을 열었다.

"들어가시죠."

정인학 대리의 말에 박영진 실장이 안쪽으로 걸음을 옮겼고 뒤이어 이은숙과 한유진이 안으로 들어갔다.

이내 세 사람이 창가에서 약간 떨어진 카페의 안쪽 자리에 자리를 잡고 앉았다.

카페의 주인이 약간 떨어진 곳에서 조심스럽게 눈치를 보고 있었다.

정인학 대리가 카페주인에게 다가가 무언가를 부탁했다.

자리에 앉은 이은숙이 박영진을 보며 물었다.

"자 이렇게 자리까지 만들어졌으니 무슨 사연인지 들어

볼까요?"

이은숙은 난생 처음 보는 박영진 실장이랑 마주앉아 정겹게 차를 마시며 대화를 할 생각 따위는 애초부터 없었다.

큰딸 한서영이 아니었다면 외간남자인 박영진 실장이랑 이렇게 마주앉을 일도 없었을 것이다.

박영진이 힐끔 정인학 대리 쪽을 바라보다가 시선을 돌려 이은숙을 바라보았다.

"차라도 마시면서 말씀을 나누시는 것이……."

이은숙이 머리를 흔들었다.

"한가하게 차를 마실 생각은 없어요. 그리고 이렇게 그쪽과 대화를 나누는 것도 내 딸 서영이 때문에 마주앉은 것이니 오해하지 말았으면 해요."

"알겠습니다."

박영진은 이은숙이 무척이나 정확한 여자라는 것을 느꼈다.

다른 말로 돌려서 말하거나 빗대어 말하는 것을 싫어하고, 하고 싶은 말은 직접적으로 바로 말하는 것을 좋아하는 여자라는 것을 알아차렸다.

박영진이 잠시 눈을 감았다가 뜨며 입을 열었다.

"실은 어머님을 뵙기 전에 한서영 선생의 아버님도 만나뵈었습니다."

박영진이 직접 한서영의 아버지인 한종섭 회장과 대면한 것은 아니었고 동신그룹의 직원과 만난 것이었지만 그것까지 설명하지는 않았다.

박영진 실장의 말에 이은숙과 한유진이 입을 벌렸다.

"네?"

"뭐라고요?"

둘은 놀란 얼굴로 눈을 동그랗게 뜨며 박영진을 바라보다 한유진이 먼저 물었다.

"우리 아빠까지 만나셨다고요?"

"예. 그랬습니다."

이은숙이 다시 물었다.

"우리 서영이 문제로 서영이 아빠를 만나셨다고요?"

박영진 실장이 머리를 끄덕였다.

"네."

"그럼 제 남편도 그쪽을 알고 있다는 말인가요?"

레이얼 시스템의 토마스 레이얼 회장으로부터 천문학적인 보상금을 받은 것도 숨겼던 남편이 큰딸의 문제로 만난 박영진 실장의 존재까지 숨겼다고 생각한 이은숙이었다.

박영진이 대답했다.

"저를 알고 있는 것이 아니라 아마 동신그룹의 기획실장으로 저를 알고 계실 겁니다."

이은숙이 이마를 찌푸렸다.

"그게 무슨 말이에요? 그쪽이 아니라 동신그룹의 기획실장이라니요? 그쪽이 동신그룹의 기획실장이 아닌가요? 실장이라는 사람이 따로 있는 거예요?"

박영진이 잠시 머뭇거리다 입을 열었다.

"정확하게는 저의 지시를 받은 직원이 한서영 선생의 아버님을 뵈었지요."

한유진이 물었다.

"그 지시라는 게 뭐죠? 무슨 일로 울 아빠는 왜 만난 거예요?"

한유진의 눈에는 이제 확실하게 경계심이 떠올라 있었다.

박영진이 이은숙과 한유진의 얼굴을 번갈아 바라보다 입을 열었다.

"이제 모두 말씀을 드리지요. 저는 저희 동신그룹의 박강희 회장님의 손주 박영진이라고 합니다. 현재는 동신그룹의 기획실장으로 일하고 있는 중이지요."

박영진 실장이 자신의 내역을 털어놓자 이은숙과 한유진이 놀란 얼굴로 박영진 실장을 바라보았다.

막연하게 동신그룹의 기획조정실장이라는 높은 직위에 근무하는 젊은 남자라고 생각했던 것이 달라졌다.

동신그룹은 현재 한국재계서열 열손가락 안에 들 정도로 엄청난 대기업이었다.

그런 대기업의 회장 손주가 눈앞에 앉아 있는 남자라는 사실에 놀라지 않을 사람은 별로 없을 것이다.

박영진이 말을 이었다.

"그런데 지난여름에 제가 몸이 좋지 않아 급하게 병원에 입원을 하게 되었습니다. 그곳이 한서영 선생이 근무하는 세영대학병원이었습니다. 말씀드린 대로 그 세영대학 병원에서 환자와 의사의 신분으로 한서영 선생을 처음 만나게 된 거지요."

박영진이 사정을 설명하는 동안 이은숙과 한유진은 아무 말도 하지 않고 얘기를 듣고 있었다.

들을수록 놀라운 말이 이어지고 있었기에 끼어들 생각도 나지 않았다.

그때 카페의 주인과 정인학 대리가 다가왔다.

"차를 가져왔습니다. 뭘 좋아하실지 몰라 과일주스와 차를 같이 준비했습니다."

정인학 대리의 설명과 함께 카페의 주인이 테이블 위에 차와 주스를 내려놓았다.

세 사람은 아무런 말도 없이 찻잔이 내려지는 것을 바라만 보고 있었다.

찻잔이 모두 놓이자 정인학 대리가 카페의 주인과 함께 카운터 쪽으로 자리를 옮겼다.

두 사람이 멀어지자 박영진이 다시 입을 열었다.

"사실 제가 입원했던 세영대학병원에서 한서영 선생을 처음으로 보았을 때 제 심장이 덜컥 내려앉는 느낌이 들었지요. 맞습니다. 남자로서 여자에게 그렇게 끌려본 적은 처음이었고 그때부터 한서영 선생에게 관심을 가졌습니다. 한서영 선생에게 관심을 가지게 되자 한서영 선생의 주변이 궁금해졌고 그 덕분에 한서영 선생의 아버님과 어머님 그리고 동생 분들에 대해 알아보게 되었습니다. 다만⋯⋯."

말을 하던 박영진 실장이 힐끗 이은숙의 표정을 바라보았다.

이은숙의 표정은 무척이나 무심했다.

그 때문에 이은숙의 마음을 전혀 짐작조차 할 수가 없을 정도였다.

그것은 한유진도 마찬가지였다.

박영진이 다시 입을 열었다.

"한서영 선생의 어머님께서 이렇게 젊고 아름다운 분이라곤 예상하지 못했지요. 그 때문에 어머님을 한서영 선생의 여동생으로 오해했습니다."

박영진은 이은숙이 한서영과 비슷한 나이로 보이는 것이 지금도 신기하고 황당하다고 생각했다.

듣고 있던 이은숙이 입을 열었다.

"우리 서영이에게 관심을 가졌다고요?"

이은숙의 맑은 눈이 가만히 박영진 실장을 바라보았다.

박영진이 머리를 끄덕였다.

"그렇습니다. 그 때문에 솔직하게 한서영 선생의 아버님과 어머님의 도움을 받을 생각이었습니다. 두 분께 솔직하게 말씀드리면 저를 도와주실 거라고 생각한 것입니다."

한유진이 끼어들었다.

"아빠와 엄마가 왜 그쪽을 도와줄 거라고 생각한 거예요? 설마 동신그룹이라는 그쪽의 배경을 보고 아빠와 엄마가 흔들릴 거라고 생각하신 건가요?"

한유진의 말에 박영진이 살짝 웃었다.

잠시 한유진과 이은숙의 얼굴을 바라보던 박영진이 입을 열었다.

"사실 이렇게 한서영 선생의 어머님을 뵙기 전에 한서영 선생의 아버님을 먼저 만난 것은 말씀하신 제가 가진 배경으로 한서영 선생의 아버님께 좋은 선물을 하고 싶어서였습니다."

"좋은 선물?"

한유진과 이은숙의 표정이 살짝 굳어졌다.

박영진이 웃으면서 입을 열었다.

"한서영 선생의 아버님께서 운영하고 계시는 서진무역에 100억원 대의 오더를 제시했습니다. 서진무역으로서는 상당히 좋은 조건으로 말입니다. 물론 그 배경에는 한

서영 선생에 대한 저의 마음이 담겨 있다고 해도 틀리지 않습니다. 그리고 그 제안은 아직도 유효한 제안이고 차후에는 지속적으로 더 큰 규모의 오더가 발주 될 것입니다. 물론 그것도 제가 가진 배경과 저의 능력으로 추진될 겁니다."

박영진 실장은 100억이라는 숫자에 대해서 이은숙과 한유진이 상당히 놀랄 것이라고 생각했다.

더구나 앞으로도 더 큰 액수의 오더가 제시될 것이라는 자신의 말이 이은숙과 한유진의 마음을 흔들어 놓을 수 있을 것이라고 믿었다.

차후 동신그룹의 후계자로 지명 받은 자신이었기에 서진무역과 같은 작은 규모의 회사로서는 그야말로 하늘에서 돈벼락이 떨어지는 제안일 것이었다.

하지만 두 여자의 얼굴은 전혀 변화가 없었다.

이은숙이 물었다.

"그 100억이라는 오더에 서영이 아빠의 반응이 어떻던가요? 그쪽의 오더를 받아들이시던가요?"

박영진이 머리를 흔들었다.

"아닙니다. 보기 좋게 거절당했습니다. 아마 서진무역의 능력으로는 그렇게 큰 오더를 감당할 수 없다고 생각하신 모양입니다."

박영진은 한종섭 회장이 운영하던 서진무역에서 100억

이 넘는 큰 오더를 감당할 자신이 없었기에 자신의 제안을 반려한 것이라고 생각했다.

"제 남편이 그쪽이 우리 서영이에게 관심을 가지고 있다는 것을 알고 있나요?"

이은숙의 질문에 박영진이 멈칫했다.

하지만 이내 작심한 듯 약간 상기된 얼굴로 입을 열었다.

"아직 모르고 계십니다. 한서영 선생의 아버님을 찾아간 것은 솔직하게 우리 동신그룹에서 서진무역에 비즈니스 측면으로 접근했기 때문이지요. 그래서 이렇게 한서영 선생의 어머님을 직접 뵙고 다시 한번 그 제안을 재고해 달라고 부탁을 드리고 싶었습니다."

이은숙이 묘한 미소를 머금었다.

"그러니까 그쪽이 배경으로 가진 동신그룹에서 우리 서영이 아빠에게 100억이 넘는 오더를 넘겨줄 것이니 그쪽이 우리 서영이를 설득해서 그쪽과 인연을 맺는 것을 도와달라는 그런 의미인가요?"

이은숙의 직설적인 말이었다.

박영진 실장의 얼굴이 살짝 붉어졌다.

"좀 쑥스럽긴 하지만 맞습니다. 저는 한서영 선생의 마음만 얻을 수 있다면 제가 가진 모든 배경을 이용할 생각입니다. 어머님과 여기 동생 분은 모르시겠지만 저의 할아버지이신 박강희 회장님이 경영일선에서 물러나게 되시

조선남자
朝鮮男子

252

면 제가 동신그룹의 신임회장으로 선임될 것입니다. 그리고 이후 한서영 선생에게는 대한민국에서 최고의 시설을 갖춘 종합병원을 맡길 생각입니다. 물론 아버님이나 어머님 그리고 여기 계신 한서영 선생의 동생 분들에게도 아마 좋은 선물을 드릴 수도 있겠지요."

박영진 실장이 말하는 좋은 선물이라는 것이 무슨 의미인지 모를 리가 없는 이은숙과 한유진이었다.

다른 사람이라면 심장이 흔들릴 정도의 엄청난 제안이었다.

대한민국 재계서열 10위권에 드는 엄청난 대기업의 후계자가 말도 안 되는 조건으로 접근하는 것을 거부할 사람은 없을 것이다.

하지만 이은숙과 한유진은 담담한 표정이었다.

다만 한유진은 이상하게 억지로 웃음을 참고 있는 듯한 표정이었다.

한유진으로서는 언니 한서영에게 대한민국의 재벌후계자가 관심을 가졌다는 것이 황당하고 웃긴다는 생각이 들었다.

만약 언니에게 김동하가 없었다면 어쩌면 지금 박영진 실장의 제안은 아빠와 엄마를 흔들어 놓을 수 있을 정도의 매력적인 제안일 수도 있었다.

하지만 지금 언니에게는 세상 그 무엇과도 바꿀 수 없는 신의 권능을 가진 형부 김동하가 버젓하게 버티고 있었다.

이은숙이 물었다.

"서영이에게 관심을 가지고 있었다면 당연히 서영이에게 혼인을 약속한 남자가 있다는 것을 알고 있겠네요?"

박영진이 머리를 숙였다.

"예, 알고 있습니다. 하지만 한서영 선생을 포기해 준다면 그 분에게도 모자라지 않을 정도로 보상을 해드릴 생각입니다. 세상에 여자는 많으니 풍족한 보상금으로 다른 분과 좋은 인연을 맺을 수 있을 겁니다."

이은숙이 어이가 없다는 표정으로 박영진 실장의 얼굴을 바라보았다.

말 그대로 돈으로 사랑을 사려는 멍청이가 실제로 자신의 앞에 나타날 줄은 예상하지 못한 일이었다.

한유진이 다시 끼어들었다.

"근데 그쪽은 이미 결혼하신 분이 아니신가요?"

한유진은 박영진 실장이 한국항공의 윤태성 회장의 사위였다는 것은 아직 알지 못했다.

박영진이 약간 흠칫하다가 머리를 끄덕였다.

"맞습니다. 한국항공의 윤태성 회장님의 따님과 결혼을 했었지만 현재는 이혼을 해서 전처와는 헤어진 상황입니다."

이은숙의 눈이 살짝 커졌다.

"이혼을 했다고요?"

이은숙은 박영진 실장이 큰딸 한서영에게 관심을 가졌다는 사실에 그가 결혼을 하지 않은 총각이기에 그럴 수도 있다고 생각했던 터였다.

하지만 이미 결혼을 했던 유부남이었고 현재는 이혼을 해서 독신이라는 것에 놀랄 수밖에 없었다.

박영진이 머리를 끄덕였다.

"예, 하지만 요즘 같은 시대에 한 번의 결혼이 흠이 된다고 생각하지는 않습니다."

그때 한유진이 머릿속에서 하나의 기억을 떠올렸다.

"방금 한국항공의 윤태성 회장님을 말씀하셨죠?"

"예."

"그럼 혹시 얼마 전에 공항에서 윤태성 회장님과 실랑이를 벌렸다고 하던 사람이 그쪽이에요?"

한유진의 말에 이은숙이 놀란 얼굴로 물었다.

"그게 무슨 말이야?"

한유진이 대답했다.

"엄마는 기억 안 나? 언니가 형부랑 미국으로 갈 때 공항에서 누굴 구해줬는지 말이야. 그때 언니랑 형부가 한국항공의 윤태성 회장님이 위독한 상황을 치료해 주었잖아."

"아!"

이은숙의 머릿속에 큰딸 한서영과 사위 김동하가 미국으

로 출국하기 전에 공항에서 벌어진 황당한 사태로 인해 뉴스에 나왔던 것이 떠올랐다.

이은숙이 다시 놀란 얼굴로 박영진 실장을 바라보았다.

공항에서 한국항공의 윤태성 회장을 쓰러지게 만든 사람이 바로 눈앞의 박영진 실장이라는 것을 그제야 알았다.

박영진이 살짝 붉어진 얼굴로 머리를 숙였다.

"공항에서 헤어진 전처의 일로 약간의 마찰이 있었지요. 하지만 전처와의 문제는 잘 해결되었으니 문제가 될 것은 없습니다."

이은숙이 어이가 없었는지 실소를 머금었다.

"호호, 그러니까 이미 결혼을 했던 사람인데 약혼자가 있는 내 큰딸에게 관심을 가졌다는 말인가요? 그것도 그쪽에서 말한 그 엄청난 배경을 무기로 삼고 말이에요."

박영진이 약간 붉어진 얼굴로 머리를 끄덕였다.

"직접적으로 물어보시니 저도 직접적으로 대답해 드리겠습니다. 맞습니다. 어떤 대가를 치르더라도 한서영 선생을 차지하고 싶습니다. 그리고 그에 대한 도움을 어머님과 여기 동생 분에게 청하는 것입니다. 물론 제가 가진 배경이라면 나쁘지 않을 것이고 한서영 선생도 충분히 행복하게 만들 자신이 있습니다."

"그러니까 그쪽이 가진 돈으로 내 딸을 사려는 것이네요?"

"······."

이은숙이 말을 하지 못하고 있는 박영진 실장을 물끄러미 바라보다 일어섰다.

"가자 유진아. 유치해서 이런 말 더 들어주지도 못하겠어. 돈자랑하는 부잣집 애새끼가 드라마에나 나오는 줄 알았는데 내 눈앞에서 진짜로 보니 온몸이 간지러워 앉아 있지도 못하겠다."

이은숙이 일어서자 한유진도 웃으면서 일어섰다.

"응, 엄마."

박영진이 약간 굳은 얼굴로 이은숙과 한유진을 바라보았다.

"어, 어머님."

이은숙이 웃으면서 입을 열었다.

"누가 그쪽의 어머니예요? 그리고 난 내 사위를 당신 같은 사람 트럭으로 데려와도 절대로 바꿀 생각이 없어요. 돈? 100억? 동신그룹? 호호 당신이 얼마나 많은 돈을 가지고 있는지 모르지만 내 딸과 사위도 당신에게 모자라지 않을 거예요. 흥, 만약 내 남편이 당신의 제안을 받아들였다면 아예 남편까지 싸잡아 내다 버렸을 거예요. 그리고 알아두세요. 자식을 돈을 받고 파는 부모는 세상에 없어요. 당신이 내 딸에 관심이 있다면 내 딸과 직접 만나서 해결하는 것이 순서란 말이죠. 아마 내 딸 서영이는 당신과 같은 사람에겐 손톱만큼의 관심도 가지지 않겠지만."

마지막 말은 너무나 차가웠다.

박영진의 표정이 딱딱하게 굳어졌다.

자신이 알고 있는 한 세상에 돈을 싫어하는 사람은 단 한 사람도 보지 못했다.

더구나 작은 돈도 아닌 100억이라는 엄청난 돈과 동신그룹이라는 막대한 배경조차 그야말로 구멍가게 보는 듯한 말투였다.

"그, 그게……."

박영진이 수습을 하기 위해 말을 더듬었다.

한유진이 끼어들었다.

"우리 엄마와 아빠에게 언니랑 결혼을 약속한 형부가 어떤 존재인지 모르셨네요? 우리 가족에게 형부는 혈연보다 더 진한 인연으로 맺어진 가족이란 의미예요. 아시겠어요? 그쪽이 어떤 제안을 해도 언니가 형부를 떠나지 않아요. 오히려 형부가 떠난다면 언니가 형부를 따라갈 거예요. 언니에게 남자는 전에도, 지금도, 그리고 미래에도 남자는 오직 형부뿐이에요. 그쪽이 잘못 짚었어요. 그리고 우리 엄마나 아빠가 돈에 흔들릴 만큼 속물근성을 가지신 분들도 아니시고 설사 돈이 없어 가난하다고 해도 절대로 형부를 버리실 분들이 아니세요. 그러니까 정신을 차리시는 것이 좋을걸요? 참, 지금 우리 아빠가 한국항공의 윤태성 회장님을 만나고 계시는 것은 모르시죠?"

속사포처럼 말하는 한유진의 말에 박영진 실장의 표정이 멍해지고 있었다.

마지막 말은 귀에 거의 들어오지도 않았다.

이은숙이 굳은 표정으로 올려다보고 있는 박영진을 보며 입을 열었다.

"한 번만 더 이런 일로 나와 남편을 찾아온다면 그때는 진짜로 참지 않을 거예요. 그리고 서영이가 내 사위와 헤어지는 일이 생긴다고 해도 그쪽 같은 남자라면 부모로서 절대로 받아들이지 않을 거예요. 그러니 내 딸에게 관심을 갖는 것은 그만두시는 것이 좋겠어요."

말을 마친 이은숙이 작은딸 한유진의 손을 잡고 그대로 카페를 나섰다.

카운터 쪽에서 지켜보고 있던 정인학 대리가 굳어진 얼굴로 카페를 나서는 이은숙과 한유진을 멍한 표정으로 지켜보았다.

박영진은 자신의 제안이 너무나 노골적으로 거절당했다는 사실에 충격을 받았는지 자리에서 일어서지도 못하고 눈을 껌벅이고 있었다.

지금까지 자신이 차지하고 싶었던 것은 단 한 번도 놓친 적이 없었던 박영진 실장이었다.

법을 이용한 협박이나 회유, 압박, 동신그룹의 은밀한 작

업에 용역을 맡았던 뉴월드파를 이용한 폭력조차 거리낌
없이 사용해왔다.

  그런 그가 처음으로 자신이 할 수 있는 것이 아무것도 없
다는 것을 깨닫는 허무한 시간을 맞이하고 있었다.

한유진

"홋! 그리고 보니 엄마도 가끔은 소녀 같다니까."

아파트 진입로로 걸어 들어오면서 한유진은 조금 전에 헤어진 엄마 이은숙의 얼굴을 떠올렸다.

엄마가 결국 고른 차는 일성자동차의 팬콥이라는 소형 차였다. 1,000CC 엔진을 가진 팬콥은 소형차를 선호하는 소비층에서 꽤나 인기가 좋은 차였다.

유럽풍의 디자인도 괜찮은 느낌이었고 중고매매 시세도 다른 차에 비해서 조금 더 높은 편이었다.

은색의 팬콥은 젊은 층에서도 나름 인기가 있었다.

계약금으로 차량 인도대금의 전액을 거의 다 지불하고

결국은 팬콤을 계약한 엄마의 즐거워하던 얼굴이 자꾸만 머리에 떠올라 한유진도 마음이 가벼웠다.

아빠가 속인 것 때문에 화가 난 엄마가 차를 사라고 준 아빠의 돈을 거의 돌려줄 뻔했지만 약은 엄마가 손에 들어온 돈을 쉽게 돌려줄 리가 없었다.

차를 인도받는 것에는 일주일 정도의 시간이 걸린다는 딜러의 말에 약간 실망했지만 새 차를 기다리는 것도 즐거움 중의 하나라고 엄마를 달래준 한유진이었다.

"이제 서류를 준비해야지?"

내일 오후까지 아빠가 레이얼 시스템과 공동으로 창립한 서진 인터내셔널에 제출해야 할 서류작업을 마쳐야 했다. 비록 아빠의 회사이긴 하지만 한유진은 절대로 아빠의 도움을 받을 생각도 없고 아빠라는 배경을 가지고 낙하산으로 입사하기도 싫었다.

당당히 실력으로 입사해서 실력으로 승진하는 멋진 커리어 우먼을 꿈꾸는 한유진이었다.

한유진의 눈에 아파트 입구 쪽에 두 대의 검은색 국산 대형 승용차가 멈춰 서 있는 것이 보였다.

대부분의 차량은 지하의 주차장에 주차했지만 간혹 입주민들이 중요한 물건을 싣기 위해 지상에 이렇게 주차를 하기도 했다.

두 대의 검은색의 대형 승용차는 시동까지 걸려 있었지

만 헤드라이트나 차량 안의 불빛은 완전히 꺼져 있었다. 또한 짙은 선팅까지 되어 있어서 차량의 안쪽은 살펴볼 수가 없었다.

차량을 힐끔거린 한유진이 이내 차량을 스쳐서 아파트 입구로 들어섰다. 아파트의 현관으로 들어서는 한유진의 얼굴은 약간 피곤해 하는 표정이 떠올라 있었다. 오늘 하루만 해도 제법 다양한 일들이 벌어졌기 때문이다.

제일 황당했던 것은 아빠가 엄마와 딸들 몰래 서진 인터내셔널이라는 새로운 회사를 창업했다는 것이었고, 그다음은 언니에게 접근하기 위해 엄마와 아빠 그리고 자신을 매수(?)하려 했던 동신그룹의 박영진 실장을 만난 일이었다.

두 개 모두 놀랄 일이었지만 엄마와 자신은 동신그룹의 박영진 실장을 금방 잊어버렸다. 엄마와 자신의 머릿속에 남겨진 박영진 실장에 관한 기억은 돈으로 모든 것을 해결하려 하는 멍청한 사내라는 것뿐이기 때문이다.

그런 남자라면 언니가 질색을 할 것은 뻔했다.

설사 언니에게 김동하라는 형부가 없었다고 해도 그런 남자라면 언니가 질색을 할 게 분명했다.

지금까지 살아오면서 언니에게 남자는 아빠와 막내 강호 외엔 관심의 대상이 아니었다는 것을 누구보다 잘 알고 있는 한유진이었다.

한유진이 현관 입구에 설치된 2107호 우편물함을 살펴본 후에 아무것도 없다는 것을 확인하고 이내 걸음을 옮겼다.

"그나저나 언니와 형부는 언제 오지? 언니가 돌아오면 나도 차나 한 대 사달라고 졸라볼까?"

아파트로 올라가는 엘리베이터의 앞에서 한유진이 버튼을 누르며 중얼거렸다. 레이얼 시스템의 토마스 레이얼 회장의 병을 고쳐주고 엄청난 돈을 보상금으로 받은 언니와 형부였다. 딱히 돈은 탐이 나진 않지만 언니에게 차를 사달라고 졸라도 그렇게 부담스러워 할 것 같지는 않을 것이라는 행복한 상상을 했다.

엘리베이터는 8층에서 멈춰져 있었기에 한유진이 버튼을 누르자 그제야 엘리베이터가 움직이기 시작했다.

"유진이 이 녀석이 또 현관에다 똥을 싼 건 아니겠지?"

언니와 형부가 미국으로 가면서 자신과 이름이 같은 포메라이언 유진이를 자신이 키우게 된 한유진이었다.

며칠 전에 외출해서 돌아와 보니 현관 입구에 똥을 싸놓아 그것을 치우던 기억이 떠올랐다.

엘리베이터가 막 4층을 지나 내려오고 있는 중이었다.

"그쪽이 세영대학병원에서 근무하는 한서영이란 의사의 동생인가?"

한유진의 등 뒤에서 굵직한 목소리가 들렸다.

순간 한유진의 몸이 돌처럼 굳어졌다.

하얗게 굳은 얼굴로 머리를 돌리는 한유진의 눈에 검은 색의 양복을 걸친 30대의 건장한 체격을 가진 두 남자가 서 있는 것이 보였다.

"누, 누구세요?"

한유진의 눈이 커지고 있었다. 한눈에 보아도 평범한 남 자들은 아니라는 것이 느껴졌다.

각진 얼굴에 짧게 자른 머리칼과 약간 다리를 벌리고 선 두 사내의 몸에서 저절로 위압감이 풍겨 나왔다.

왼쪽에 서 있던 약간 휘어진 매부리코를 가진 사내가 한 유진을 빤히 바라보며 물었다.

"그쪽이 한서영의 동생인지 물었어."

"네?"

밤 8시가 조금 넘어가는 초저녁 시간이었지만 아파트의 입구는 인적이 거의 없었다.

"누구세요?"

한유진이 주변을 두리번거리면서 물었다.

매부리코의 사내가 이마를 찌푸렸다.

"시벌, 두 번씩이나 물었는데 대답을 안 해."

매부리코의 옆쪽에 서 있던 사내가 머리를 흔들었다.

"맞다니까. 이년이 좀 전에 우편물 함도 2107함을 살펴 보더라고."

"그래?"

매부리코의 사내가 한유진의 아래위를 훑어보며 입을 열었다.

"혹시 김동하라고 알아?"

"네?"

한유진의 눈이 커졌다. 형부인 김동하가 이곳에 온 이후 인연을 맺은 사람은 한유진도 대부분 알고 있는 사람들이었다. 하지만 형부가 이런 사내들과 알고 있을 것이라고는 생각이 들지 않았다.

"당신들 누구예요? 뭐하는 사람들이에요?"

비록 초저녁이라고 할 수 있는 밤 8시 무렵이었지만 인적이 드문 아파트에서 언니와 형부에 관해 물어오는 낯선 사내들은 한유진에게는 충분한 경계의 대상이었다.

매부리코의 사내가 한유진의 얼굴을 빤히 보면서 다시 물었다.

"다시 물어보게 하지 마. 김동하란 놈을 알아? 몰라?"

사내의 말에 한유진이 큰 눈을 치켜뜨며 흠칫 뒤쪽으로 물러섰다. 엘리베이터가 도착하면 그대로 타고 위층으로 올라갈 생각이었다. 그때였다. 아파트의 현관 입구 쪽으로 검은색의 경비복 차림을 한 남자가 스쳐 지나갔다.

"뭐야? 이거 누가 차를 여기다 이렇게 세워놓은 거야?"

정해진 시간에 맞추어 아파트 주변을 돌며 담배꽁초나

휴지같은 것을 주워서 수거하기 위해 순찰을 도는 다인캐슬의 경비원이었다. 그런 그가 7호 라인의 입구 쪽에 세워진 두 대의 차량을 보고 앞을 스쳐갔다.

외부차량은 출입이 엄격하게 금지된 곳이기에 입주민의 차량이라고 생각한 경비원은 차량의 전면에 부착되어 있어야 할 입주민 동호수가 적힌 스티커를 확인하려 했다.

그것도 한 대가 아닌 두 대의 차량이니 아파트 주민들이 경비실로 민원을 걸어올 가능성도 있는 일이기에 민감하게 반응하는 경비원이었다.

순간 한유진의 입에서 뾰족한 고함소리가 터져 나왔다.

"아저씨!"

소리를 친 한유진도 놀랄 정도로 날카롭고 앙칼진 고함이었다. 두 명의 사내 얼굴에 살짝 놀라는 표정이 떠올랐다. 현관입구를 지나쳤던 경비원이 놀란 듯 현관으로 오는 기척이 느껴졌다.

"누, 누구십니까?"

아직 현관의 입구 쪽에서는 모습이 보이지 않았지만 경비원의 놀란 듯한 목소리가 들려왔다.

매부리코의 사내가 이마를 찌푸렸다.

"시발, 그냥 확인만 하고 조용히 데려가려고 했는데 거슬리게 만드는군 그래."

매부리코의 사내가 자신의 옆에 선 사내를 향해 머리를

살짝 흔들었다. 그 신호에 옆쪽에 서 있던 사내가 어금니를 꽉 깨물었다.

"시벌 귀찮게 하네."

혼잣말처럼 중얼거린 사내가 몸을 돌리는 것이 한유진의 눈에 들어왔다.

동시에 막 현관 쪽으로 들어서는 경비원이 보였다.

"무슨 일이십……."

경비원이 한유진을 보며 놀란 듯 눈을 껌벅이며 말을 하는 순간 박이 깨어지는 듯한 둔탁한 소리가 들렸다.

뻐억—

"억."

털석.

매부리코의 사내 옆쪽에 서 있던 사내가 경비원이 현관으로 들어서는 순간 머리를 내려친 것이었다.

50대 후반의 경비원이 젊은 양복차림의 사내가 기습적으로 후려치는 공격을 피할 수가 없었다.

짧게 비명을 지른 경비원이 현관입구의 벽에 머리를 부딪치고 그대로 구겨지듯 주저앉고 있었다.

두 다리를 앞으로 뻗은 채 등을 벽에 기대고 주저앉은 경비원의 머리 뒤쪽으로 시뻘건 피가 튀었다. 경비원을 후려친 사내의 손에는 짧은 쇠봉이 들려 있었다.

사내의 손에 들린 것은 경찰들도 사용하는 강철로 만들

어진 방범용 쇠봉이었다.

짧은 쇠봉처럼 보이지만 아래로 후려쳐서 늘이게 되면 칼과 같은 날카로운 무기와도 대적이 가능한 무기였다.

경비원을 공격한 사내는 쇠봉을 늘이는 대신 쇠봉 자체로 경비원의 머리를 후려친 것이다.

생각지도 못한 기습을 받은 경비원은 불시의 일격에 뒷머리를 아파트의 벽에 부딪치며 아래로 쓰러진 것이었다.

"꺄악."

한유진의 입에서 날카로운 비명소리가 흘러나왔다.

매부리코의 사내가 이를 갈았다.

"병신아. 그렇게 무식하게 갈기면 어떡해?"

"나도 몰라. 그냥 한 대 쳤는데 뻗어버렸어. 니미럴."

"시벌, 엿됐다."

경비원을 후려친 사내나 매부리코의 사내는 상황이 예상 밖으로 흐르자 당황하는 눈치였다.

뒷머리가 깨어진 채 주저앉은 경비원의 다리 아래로 시뻘건 핏물이 흥건하게 흘러나오고 있었다. 눈을 감고 있는 경비원은 절명한 것인지 거의 미동도 없었다.

한유진이 날카롭게 비명을 질렀다.

"꺄악! 강도야!"

그야말로 아파트가 쩌렁할 정도로 날카롭게 외치는 한유진이었다. 매부리코의 사내가 당황한 얼굴로 한유진을 향해 무언가를 꺼내어 찔러 넣었다.

서걱.

때앵—

털썩—

한유진의 가슴에 무언가 틀어박히는 섬뜩한 소리와 함께 그제야 도착한 엘리베이터의 문이 열리면서 한유진이 뒤로 넘어졌다.

한유진의 두 눈이 찢어질 듯 부릅떠져 있었다.

"시발."

한유진의 가슴을 찌른 매부리코의 사내가 나직하게 욕설을 뱉어냈다. 청바지에 하얀색의 티셔츠를 입은 한유진의 가슴이 순식간에 시뻘겋게 물들어갔다. 흰색의 티셔츠 가운데 손잡이가 반짝이는 칼자루가 섬뜩하게 비쳐졌다.

길이가 20cm 정도 되는 날카로운 회칼이 손잡이만 남긴 채 한유진의 가슴을 그대로 뚫고 박혀 있었다.

엘리베이터 안에 쓰러진 한유진의 얼굴은 창백했다.

약간 입을 벌리고 있는 한유진의 눈에 살짝 눈물이 고여 있는 것이 보였다.

"야, 튀자."

"그래."

갑자기 벌어진 상황에 두 사내가 잠시 당황하다가 재빨리 현관 밖으로 튀어 나갔다. 이내 아파트 입구에 서 있던

두 대의 검은색 차량이 빠르게 아파트를 떠났다.

101동 아파트의 현관 쪽을 비추고 있던 아파트 CCTV가 모든 장면을 촬영하고 있었지만, 이미 아파트의 CCTV 위치를 확인했는지 한유진을 해친 사내와 경비원을 공격한 사내는 CCTV의 촬영 각도 밖에서 움직였다.

그야말로 순식간에 벌어진 일이었다.

잠시 후. 한유진의 고함소리에 밖으로 나온 아파트 주민들이 101동 아파트의 현관에서 벌어진 상황을 보며 기겁을 했다.

"뭐야?"

"어머나, 저 아가씨는 2107호 아가씨 아냐?"

"이게 무슨 일이야?"

"시, 신고해 빨리."

"누가 이런 몹쓸 짓을 한 거야?"

사람들은 101동 현관입구에서 벌어진 너무나 충격적인 상황에 놀란 듯 하얗게 질린 얼굴로 허둥거리고 있었다.

잠시 후. 누군가의 신고로 119 구급대 차량과 경찰들이 반포의 다인캐슬 아파트로 경광등과 사이렌 소리를 울리며 도착하고 있었다.

지난여름에는 건너편 아파트 단지의 가스폭발사고가 있었고 이번에는 맞은편 아파트 단지의 현관입구에서 살인사건이 일어난 상황이었다.

"뭐라고요?"

이은숙의 손이 파들파들 떨리고 있었다.

전화기에서 건너오는 목소리가 마치 꿈속에서 들려오는 목소리처럼 멀게 들렸다.

—조금 전 20시 06분경, 반포동 다인캐슬 아파트 101동 현관입구에서 아파트 경비원 강영식씨와 한유진씨가 살해당했습니다. 현재 우리 경찰이 현장을 조사하고 범인을 추적하고 있지만 아무래도… 일단 반포의 경신종합병원에 시신을 이송했으니 지금 당장 병원으로 오시면…….

털썩.

이은숙은 조금 전까지 자신과 함께 차를 사기 위해 데이트까지 했던 둘째딸 한유진이 죽었다는 말에 순간 정신을 잃었다. 옆에서 지켜보던 한유진의 동생 한지은과 한강호가 놀란 얼굴로 이은숙을 부둥켜안았다.

"엄마! 왜 그래?"

한지은은 전화를 받으며 표정이 달라지던 엄마의 모습에 가슴이 철렁 내려앉았다.

한강호가 이은숙이 떨어드린 전화기를 집어 들었다.

"여보세요? 울 엄마가 쓰러지셨어요. 무슨 일인데요?"

한강호는 엄마가 쓰러진 것에 충격을 받았는지 하얗게 질린 얼굴로 전화를 받고 있었다.

전화기 속의 목소리가 잠시 말을 멈추었다.

하지만 이내 약간 걱정 섞인 남자 목소리가 울렸다.

—지금 전화를 받으시는 분은 누구십니까?

"아, 아들이에요. 막내아들."

한강호의 시선이 정신을 잃은 엄마를 안고 소리치고 있는 셋째누나 한지은을 바라보고 있었다. 엄마의 파리한 얼굴이 막내누나가 몸을 흔들자 이리저리 흔들렸다.

한강호는 엄마가 저렇게 정신을 잃은 모습은 처음 보는 광경이었기에 심장이 떨렸다.

그의 귀로 굵은 남자의 목소리가 다시 들렸다.

—아들이라고? 미안하지만 나이를 물어도 될까?

전화기 속의 남자는 말하기가 부담스러웠는지 한강호의 나이를 물어보았다. 한강호가 대답했다.

"중3이에요…….".

—그래… 그럼 한유진씨가 누나겠구나?

"네, 저희 둘째누나예요."

한강호의 목소리가 가늘게 떨리고 있었다. 단번에 둘째누나에게 엄청난 일이 발생했다는 것을 직감한 것이다.

전화기 속의 목소리가 굵은 남자가 잠시 말을 멈추었다가 다시 입을 열었다.

—아저씨는 서초경찰서의 이동현이라고 하는 형사란다. 집에 어머니 말고 어른은 안 계시니?

한강호의 어금니가 질근 깨물렸다.

"없어요. 그러니까 저한테 말씀해 주세요. 울 엄마가 왜 쓰러지셨어요? 작은누나 이름은 왜 물어요?"

—…….

전화기 속에서 자신을 이동현 형사라고 소개한 경찰이 잠시 말을 멈추었다가 입을 열었다.

—휴~ 어쩔 수 없구나. 일단 엄마가 깨어나시면 빨리 반포의 경신종합병원으로 모시고 오너라. 학생의 누나인 한유진씨가 죽었는데 지금 경신종합병원에 있단다.

경찰은 어쩔 수 없이 한강호에게도 한유진의 죽음을 알려줄 수밖에 없었다.

한강호의 손에서 전화기가 떨어졌다.

딸그락—

바닥으로 떨어진 전화기에서 경찰이 부르는 소리가 연속해서 들리고 있었다.

—여보세요?

—여보세요?

—학생, 학생. 내 말 들려?

전화기에서 연신 한강호를 불렀지만 한강호는 멍한 얼굴로 허공만 바라보고 있었다. 엄마의 몸을 흔들고 있던 한지은이 한강호를 보며 소리쳤다.

"강호야. 왜 그래?"

한강호가 초점 잃은 시선으로 막내누나를 바라보았다.

그러다 한강호의 눈에서 왈칵 눈물이 쏟아졌다.

한지은이 그런 한강호를 겁먹은 얼굴로 바라보았다.

"너 왜 그래? 나 무섭단 말이야."

한강호가 더듬거리며 입을 열었다.

"자, 작은 누나가 죽었대 누나."

"뭐?"

동생의 입에서 둘째 언니가 죽었다는 것을 들은 한지은의 얼굴도 백지장처럼 하얗게 질려갔다.

그제야 엄마가 왜 쓰러진 것인지 알게 되었다.

"엄마 일어나."

한지은이 뾰족하게 소리치며 엄마의 몸을 흔들었다.

한강호가 눈물로 범벅이 된 얼굴로 바닥에 떨어진 전화기를 그제야 집어 들었다.

전화기 너머의 경찰은 이미 전화를 끊은 상태였다.

하지만 그것은 전혀 상관없이 한강호가 재빨리 전화기의 버튼을 눌렀다. 아빠에게 지금의 상황을 알려야 한다는 생각뿐이었다. 이내 발신음이 울렸다.

띠리리리리릿―

딸칵.

―응, 조금 이따가 바로 들어갈 테니 너무 걱정하지 말아요.

아빠는 엄마가 전화를 한 것으로 생각한 듯 담담한 목소리로 전화를 받았다.

한강호의 눈에서 다시 눈물이 왈칵 쏟아졌다.

"흐흑 아, 아빠."

─누, 누구? 강호니?

한종섭 회장은 아내인 이은숙의 전화가 아닌 막내아들 한강호가 전화를 걸어온 것임을 알고 다소 당황한 목소리로 물었다. 한강호가 울면서 입을 열었다.

"흐엉 아빠, 작은 누나가… 작은 누나가……."

순간 한종섭의 목소리가 변했다.

─왜? 무슨 일이야? 작은누나가 뭘 어쨌는데? 누나가 널 때렸어?

"그게 아니라 작은 누나가 죽었대. 방금 경찰아저씨한테서 전화가 왔는데 엄마가 그 전화를 받고 쓰러지셨어."

한강호가 울면서 한유진의 죽음을 아빠에게 전해주었다. 한강호의 말에 잠시 전화기 속의 한종섭은 말을 잊은 듯 아무 말도 하지 않았다.

하지만 곧 다급하게 다시 물어왔다.

─유, 유진이가 죽었다고? 누가 그래? 너 아빠한테 장난치는 거지?

"엉엉. 진짜란 말이야. 지금 반포의 경신종합병원에 작은 누나가 있대. 빨리 가. 빨리 가서 작은누나 집으로 데려와 아빠."

—아, 알았다. 지금 당장 아빠가 집으로 갈게.

　한종섭도 당황한 듯 목소리가 허둥거리는 느낌이었다.

　한강호가 전화를 끊고 정신을 잃은 엄마를 안고 울고 있는 막내누나에게 다가갔다.

　"누나."

　"어떻게 해? 언니가 왜 죽어."

　한지은은 언니인 한유진이 죽었다는 말이 믿어지지 않았다. 집안에서 제일 건강하고 제일 활기에 찬 사람이 바로 한유진이었다. 어떤 일을 하든 적극적이었고 항상 밝고 쾌활한 모습을 잃지 않았던 둘째언니였다. 큰언니인 한서영처럼 차분하고 지혜롭다는 느낌보다는 집안에 활기를 불어 넣어주는, 말 그대로 산소와 같은 느낌을 안겨주었다. 그런 언니가 죽었다는 말에 한지은은 무엇을 해야 할지 생각조차 나지 않았다.

　그때 정신을 잃고 한지은의 품에 안겨 있던 이은숙이 옅은 신음소리를 터트리며 힘겹게 눈을 떴다.

　"끄응."

　"엄마."

　"엄마. 이제 정신이 들어?"

　한지은과 한강호가 다급하게 이은숙을 부축했다.

　이은숙이 눈을 껌벅이며 잠시 자신이 왜 이러고 있는지 생각했다. 이내 이은숙이 황급히 몸을 일으켰다.

"유, 유진이한테 가야 해."

이은숙은 좀 전에 경찰로부터 둘째 딸 한유진이 죽었다는 소식을 들은 것이 꿈이라고 생각했다.

한 시간 전까지 자신과 데이트를 했던 자신의 딸이 죽을 리가 없다고 확신하는 그녀였다.

한강호가 엄마의 손을 잡고 눈물을 터트렸다.

"허엉 엄마, 둘째 누나가 죽었대. 지금 반포의 경신종합병원에 있다고 연락이 왔어. 아빠도 그쪽으로 갈 거야."

이은숙이 머리를 흔들었다.

"그럴 리 없어. 조금 전까지 엄마랑 같이 있던 애가 왜 죽어."

이은숙은 자신이 인정하면 정말로 한유진이 죽어버릴 것 같아 절대로 인정을 할 수가 없었다. 이은숙이 마치 미친 여자처럼 몸을 일으키며 현관 쪽으로 달려갔다.

그런 엄마의 뒤를 한지은과 한강혹가 급하게 따르고 있었다. 이내 세 사람이 허둥대며 아파트를 빠져나갔다.

"이거 치밀한 놈들인데요?"

아파트 단지에 설치된 CCTV의 내용을 확인해 보던 서초경찰서의 서동환 형사가 이마를 찌푸렸다. 같이 CCTV의 화면을 보던 김국현 경사가 손으로 턱을 쓰다듬었다.

"카메라의 위치를 미리 조사해서 알고 있었던 것 같은 느

낌이야. CCTV의 화면에 정확하게 얼굴이 포착되는 것을 교묘하게 피하고 있어."

김국현 경사의 이마에 주름살이 잡혔다.

옆쪽의 책상에서 아파트 단지에서 빠져나간 두 대의 차량을 조회하던 서초경찰서 강력1반의 막내인 이정길 형사가 머리를 갸웃했다.

"차량조회 역시 도난차량으로 나옵니다. 이거 생각보다 잡기가 힘들겠는데요?"

한쪽에서 현장사진을 보고 있던 임규현 반장이 눈살을 찌푸렸다.

"딱 한 번의 칼침이 그 젊은 여자의 심장을 정확하게 찔러버렸어. 소리를 칠 경황도 없이 현장에서 바로 즉사했을 거야. 시벌."

강력반 막내형사인 이정길 형사가 혀를 찼다.

"피해자인 그 젊은 아가씨가 상당히 미인이던데 정말 어떤 놈이 그런 건지……."

서동환 형사가 끼어들었다.

"다인캐슬 아파트의 경비원인 강영식씨도 딱 한 대만 맞았는데 절명했어. 이거 그냥 장난처럼 사람 죽이고 다니는 놈들인 것 같아."

임규현 반장이 어금니를 깨물었다.

"혹시 모르니까 죽은 한유진이라는 아가씨의 주변에 치

정에 얽힐 만한 자들이 있는지 알아봐."

김국현 형사가 중얼거렸다.

"그 아파트 주민들 말로는 그냥 학교와 집만 왕래하는 참한 아가씨라고 하던데요. 원래 그곳에 살고 있던 언니내외가 외국으로 잠시 나가 있는 동안 그 집을 보고 있었다고 했습니다. 또 한 번 집에 들어오면 절대로 바깥으로 나오지도 않을 정도로 착실한 여대생이었다고 하더군요. 워낙 미인이고 착한 아가씨여서 아파트 주민들도 눈여겨보았다고 했는데 설마 치정관계에 얽힐 일이 있을까요?"

김국현 형사의 말에 임규현 반장이 머리를 흔들었다.

"사람 속은 모르는 거야. 그러니 일단 주변을 알아보란 말이야. 뭔가 단서가 될 만한 것이 나올지도 모르니까."

그때였다.

"엇, 이거 이상한데요?"

CCTV의 내용을 들여다보고 있던 이동현 형사가 무언가를 발견한 듯 소리쳤다.

"뭔데?"

임규현 반장이 약간 놀란 듯 이동현 형사의 옆으로 다가섰다. 이동현 형사가 손가락으로 화면을 가리켰다.

"이것 좀 보세요."

이동현 형사가 손으로 가리킨 화면은 살인사건 현장인 아파트 단지의 앞쪽 단지 내 도로였다. 대낮에 아파트 단

지의 주차장이 아닌 단지 내 도로에 멈춰 있던 검은색의 승용차에서 롤스로이스가 도착하는 순간 사람들이 내려 마치 경호를 하듯 주변으로 흩어지는 장면까지 보였다.

임규현 반장의 눈이 살짝 커졌다.

"롤스로이스?"

임규현 반장의 눈에 들어온 것은 한 대의 하얀색 롤스로이스였다. 사건현장인 다인캐슬 아파트 101동의 앞에서 한동안 멈춰 있던 롤스로이스로 누군가 다가서서 인사를 하는 장면이 연거푸 비춰졌다. 동시에 롤스로이스의 창문이 내려가며 한 개의 손이 나와 아파트 위쪽을 가리켰다. 마치 위층의 위치를 확인하는 듯한 모습이었고 롤스로이스에 접근한 사내가 위쪽을 바라보며 머리를 끄덕이는 장면도 나왔다. 아파트 단지 내에 설치된 CCTV의 영상 중 단서가 될 만한 것을 찾던 중 찾아낸 장면이었다. 임규현 반장이 물었다.

"살해된 아가씨가 사는 아파트가 몇 층이었지?"

"21층 7호에 사는 아가씨였습니다."

"그래?"

반포의 다인캐슬 아파트는 근처의 아파트단지에 비해 제법 부유한 아파트로 알려져 있었다.

그 때문에 아파트 단지를 출입할 경우 입구에서 방문목적을 말해야 출입이 가능했다.

"이형사가 아파트 경비실에 들러서 이 롤스로이스가 무슨 일로 아파트에 들어온 것인지 알아봐."

이동현 형사가 머리를 숙였다.

"예."

"그리고 막내 이형사가 이 롤스로이스의 차주를 한번 조회해 봐."

이정길 형사가 대답했다.

"알겠습니다."

김국현 형사가 CCTV의 화면을 유심히 바라보다가 입을 열었다.

"이 사람들 아까 경비원과 젊은 아가씨를 살해한 놈들과 비슷한 놈들인 것 같은데요? 옷차림도 그렇고 차량도 비슷하고… 차량번호는 다르지만 차도 일성자동차의 헤루스와 같은 참니다."

김국현 형사의 눈빛이 날카롭게 CCTV의 영상이 비치고 있는 컴퓨터의 화면을 주시하고 있었다.

임규현 반장의 눈썹이 살짝 찌푸려졌다.

그 역시 같은 느낌이 들었기 때문이었다.

"이자들 누군지 알아봐."

김국현 형사가 대답했다.

"알겠습니다."

서초경찰서 강력1반 형사계에서 사건현장의 CCTV 영

상으로 확인하고 있는 롤스로이스는 김동하의 사숙인 해진과 그의 아들 권휘가 타고 있는 차였다. 한쪽에서 차량의 번호를 조회했던 이정길 형사가 머리를 번쩍 들었다.

"반장님, 좀 전에 그 롤스로이스는 얼마전에 부산에서 서울로 본사를 이전한 부영그룹 천종모 회장의 전용찹니다."

"부영그룹?"

임규현 반장의 얼굴이 굳어졌다.

"인천의 태명그룹 박기출 회장과 관련된 그 부영그룹이라고?"

인천을 기반으로 사업영역을 확장하고 있던 태명그룹의 회장인 박기출은 경찰 내부에서도 제법 유명한 인물이었다. 막대한 재산을 기반으로 인천지역과 서울외곽 쪽의 조직세력을 수하로 두고 움직이고 있다는 것은 알 만한 사람이면 다 알고 있는 정보였다.

하지만 전면에 나서지 않고 자신의 일을 대신해줄 조직들을 이용하고 있었기에 확실한 증거가 없으면 박기출 회장을 건드리지도 못했다. 더구나 박기출 회장이 정치권의 고위관계자와 막역한 친분을 가지고 있다는 소문 때문인지 그를 건드리는 것은 아무리 경찰이라고 해도 부담스러워했다.

그런 박기출 회장이 소유한 부평의 유한컨티넨털 호텔이

하루아침에 부산의 부영상사에 매각되었다.

　또한 인천과 서울지역의 조직세력을 배경으로 안하무인처럼 굴던 태명그룹의 박기출 회장이 부산의 부영그룹 회장에게는 절절맨다는 소문까지 돌고 있던 상황이었다.

　말 그대로 부영그룹은 그야말로 베일에 싸여 있는 신생그룹으로서 인천의 태명그룹 박기출 회장과 연결되지 않았다면 아무도 관심을 갖지 않았을 것이다.

　그런 부영그룹의 회장이 롤스로이스의 주인이라는 말에 임규현 반장의 얼굴이 천천히 굳어졌다. 또한 해진의 원래 이름이 천종모라는 사실이 처음으로 드러났다.

　천종모.

　해진이 출가를 하기 전에 부모로부터 받았던 자신의 이름이다. 해진으로서는 자신의 이름이 자신도 모르게 처음으로 세상에 알려지고 있다는 것을 전혀 모르고 있었다.

＊　＊　＊

　위이이이잉—

　비행기가 천천히 속도를 줄이며 하강하고 있었다.

　검은색의 소형여객기의 옆면에는 'LAEL'이라는 레이얼 시스템의 회사이름이 은색으로 반짝였다. 비행기의 창가에 앉은 한서영과 김동하는 비록 한밤중이고 아무것도 보

이지 않는 바깥풍경이었지만 익숙하게 다가오는 불빛들을 보며 한국으로 돌아왔다는 느낌을 받았다.

한서영과 함께 나란히 앉아 있는 김동하의 눈이 한순간 파랗게 변했다가 원래대로 돌아갔다.

김동하의 시선이 자신의 옆에 앉은 한서영을 힐끗 보다가 어금니를 살짝 깨물었다. 마치 무언가를 말해야 하는데 차마 말을 할 수가 없는 그런 표정이었다.

〈다음 권에 계속〉

어울림 BOOKS
신인 작가 대모집!

어울림 출판사는 무한한 상상력과 뜨거운 열정을 가진 작가 여러분을 기다리고 있습니다.
창작에 대한 열의가 위대한 작품으로 꽃피울 수 있도록 저희 어울림 출판사가 여러분의 힘이 돼 드리겠습니다.

지금 도전하십시오!

모집 분야 : 판타지, 역사, 무협, 로맨스 등
모집 대상 : 아마추어, 인터넷 작가등 열정을 가진 모든 작가
모집 기한 : 수시 모집
작품 접수 방법 : 당사 네이버 카페 또는 이메일을 이용해 주십시오.

파일 형식은 제한이 없으나 원활한 원고 검토를 위해 '.HWP' 형식으로 보내주시고, 파일에 연락처도 함께 기재해주시면 됩니다.

채택된 작품은 정식 계약을 통해 출판물로 간행됩니다.
간행된 출판물은 당사의 유통망을 이용하여 전국 서점으로 배포됩니다.
※ 문의 사항은 **네이버 카페(http://cafe.naver.com/oulim0120)**를 이용하시기 바랍니다.

경기도 고양시 일산동구 장항동 43-55 성우사카르타워 801호
어울림 출판사 신인 작가 담당자 앞
전화 031) 919-0122 / **E-mail** 5ullim@daum.net